ro
ro
ro

rororo

Toni Morrison wurde 1931 in Lorain, Ohio, geboren. Sie studierte an der renommierten Cornell University Anglistik und hatte an der Princeton University eine Professur für afroamerikanische Literatur inne. Zu ihren bedeutendsten Werken zählen «Sehr blaue Augen», «Solomons Lied», «Beloved», «Jazz», «Paradies» und ihr essayistisches Schaffen. Sie war Mitglied des National Council on the Arts und der American Academy of Arts and Letters. Sie wurde mit zahlreichen Preisen, u.a. dem National Book Critics Circle Award und dem American Academy of Arts and Letters Award für Erzählliteratur, ausgezeichnet. 1993 erhielt sie den Nobelpreis für Literatur, und 2012 zeichnete Barack Obama sie mit der Presidential Medal of Freedom aus. Toni Morrison starb am 5. August 2019.

«In ‹Gnade› kehrt die amerikanische Nobelpreisträgerin Toni Morrison eindrucksvoll zu ihren Wurzeln zurück. Der Roman übertrifft selbst ihr Meisterwerk ‹Beloved›.» *Frankfurter Allgemeine Zeitung*

TONI MORRISON

Gnade

ROMAN

Aus dem Englischen von
Thomas Piltz

Überarbeitet und
sprachlich aktualisiert von
Mirjam Nuenning

Rowohlt
Taschenbuch Verlag

Die englische Originalausgabe erschien 2008
unter dem Titel «A Mercy»
bei Alfred A. Knopf, New York.

1. Auflage

Überarbeitete Neuausgabe
Veröffentlicht im Rowohlt Taschenbuch Verlag, Kirchenallee 19,
20099 Hamburg, Dezember 2025

Covergestaltung Anzinger und Rasp, München
Coverabbildung Tracy Murrell
Satz aus der Janson Text, PostScript
bei Pinkuin Satz und Datentechnik, Berlin
Druck und Bindung GGP Media GmbH, Pößneck
ISBN 978-3-499-01806-0

Kontaktadresse nach
EU-Produktsicherheitsverordnung:
produktsicherheit@rowohlt.de

FSC www.fsc.org
MIX
Papier | Fördert
gute Waldnutzung
FSC® C014496

Für R. G.

für Jahrzehnte voller Urteilskraft,
Scharfblick und Geist.
Danke!

Hab keine Angst. Was ich erzähle, kann dir nicht wehtun, trotz meiner Tat, und ich verspreche, ganz ruhig im Dunkeln zu liegen – vielleicht zu weinen oder dann und wann das Blut wieder vor Augen zu haben –, aber niemals wieder werde ich meine Glieder recken und mich erheben und die Zähne zeigen. Ich will erklären. Du kannst für eine Beichte halten, was ich dir erzähle, aber es ist eine Beichte voller Seltsamkeiten, wie man sie nur aus Träumen kennt oder von den Augenblicken, da der Dampf des Wasserkessels sich zum Umriss eines Hundeschädels formt. Oder wenn die Puppe aus Maisstroh, die eben noch auf dem Regalbrett sitzt, im nächsten Nu verrenkt in einer Zimmerecke liegt und klar ist, welcher böse Wille sie dorthin gestoßen hat. Merkwürdigeres geschieht, überall und immer wieder. Du weißt das. Ich weiß, dass du das weißt. Eine Frage lautet: Wer steckt dahinter?

Eine andere: Kannst du es lesen? Wenn ein Huhn nicht legen will, lese ich die Bedeutung rasch heraus, und natürlich sehe ich in dieser Nacht eine minha mãe, Hand in Hand mit ihrem kleinen Jungen, und meine Schuhe beulen die Taschen ihrer Schürze. Andere Zeichen erschließen sich nicht so schnell. Oft sind ihrer zu viele, oder ein leuchtendes Omen verdunkelt sich zu bald. Ich ordne sie und versuche, sie im Gedächtnis zu behalten, aber ich weiß, dass mir vieles entgeht, die Gartenschlange zum Beispiel, die bis an die Türschwelle kriecht, um dort zu sterben. Lass mich mit dem beginnen, was ich sicher weiß.

Am Anfang fängt es an mit den Schuhen. Als Kind kann ich es nicht ertragen, barfuß zu gehen, und immer bettle ich um Schuhe, egal von wem, selbst an den heißesten Tagen. Meine Mutter, minha mãe, runzelt die Stirn, ist wütend über das, was sie meine Putzsucht nennt. Nur die schlimmen Frauen gehen auf hohen Absätzen. Ich bin gefährlich, sagt sie, und wild, aber sie gibt nach und lässt mich die abgelegten Schuhe aus dem Haus der Senhora tragen, vorne zugespitzt, einer der erhöhten Absätze gebrochen, der andere abgetreten und über dem Spann eine Schnalle. Daher kommt es, sagt Lina, dass meine Füße nichts taugen, dass sie immer zu zart sein werden fürs Leben und nie die starken Sohlen haben werden, zäher als Leder, die das Leben verlangt. Und Lina hat recht. Florens, sagt sie, wir schreiben 1690. Wer sonst hat heutzutage die Hände einer Sklavin und die Füße einer portugiesischen Lady? Deshalb geben sie und die Mistress mir die Stiefel des Sirs, als ich aufbreche, um dich zu suchen, Stiefel, die für einen Mann gemacht sind und nicht für ein Mädchen. Sie stopfen sie mit Heu und klebrigen Maisblättern aus und sagen, ich soll den Brief in meinem Strumpf verstecken, auch wenn der Siegellack kratzt. Ich kann lesen, was Lina und Sorrow nicht können, aber ich schaue mir nicht an, was die Mistress schreibt. Ich weiß aber, was es denen sagen soll, die mich aufhalten wollen.

Mein Kopf ist wirr von zwei Dingen, die durcheinandergehen, dem Hunger nach dir und der Angst, mich zu verirren. Nichts jagt mir mehr Furcht ein als dieser Auftrag, und nichts ist größere Versuchung. Vom Tag deines Verschwindens an träume ich und schmiede Pläne. Wie ich erfahren kann, wo du bist, und wie ich dorthin gelange. Ich will der Wegspur folgen zwischen Ahornbäumen und Weißkiefern, aber ich frage mich, in welche Richtung. Wer wird es mir sagen? Wer lebt in der Wildnis zwischen dieser Farm und dir, und werden sie mir helfen oder mir etwas zuleide tun? Was ist mit den knochenlosen Bären im Tal? Du erinnerst dich? Wie ihr ganzes Fell wabbelt, wenn sie sich bewegen, so als wäre nichts Festes darunter. Ihr Geruch straft ihre Schönheit Lügen, und ihre Augen kennen uns aus der Zeit, da wir selbst wilde Tiere waren. Deshalb, so hast du mir erklärt, ist es gefährlich, ihnen ins Auge zu blicken. Dann kommen sie näher, laufen her zu uns, um zu spielen und gut Freund zu sein, was wir falsch verstehen und ihnen mit Angst und Abwehr vergelten. Auch riesige Vögel nisten da draußen, größer als Kühe, erzählt Lina, und nicht alle *natives* seien wie sie, also pass auf. Eine betende Wilde, so nennen sie die Leute aus der Nachbarschaft, denn sie geht zur Kirche, aber sie badet auch jeden Tag, was christliche Menschen nicht tun. Untendrunter trägt sie leuchtend blaue Perlen, und wenn der Mond schmal ist, tanzt sie heimlich im Morgengrauen. Mehr als die Bären, die gut Freund sein wollen, oder die Vögel, die größer sind als Kühe, fürchte ich die weglose Nacht. Wie, frage ich mich, soll ich dich finden in der Finsternis? Jetzt endlich zeigt sich ein Weg. Ich habe

Weisungen. Vorbereitungen sind getroffen. Ich werde deinen Mund sehen und meine Finger hinunterwandern lassen. Du wirst dein Kinn in meinem Haar bergen, während ich in die Höhlung deiner Schulter atme, ein und aus, ein und aus. Ich bin glücklich, dass die Welt sich für uns öffnet, aber all das Neue macht mich zittern. Um zu dir zu gelangen, muss ich das einzige Zuhause verlassen, das ich kenne, die einzigen Menschen. Lina sagt, nach dem Zustand meiner Zähne zu schließen bin ich etwa sieben oder acht, als man mich hierher bringt. Achtmal kochen wir seitdem wilde Pflaumen ein für Aufstrich und für Kuchen, also muss ich jetzt sechzehn sein. Vor dieser Farm hier verbringe ich meine Tage mit dem Pflücken von Okraschoten und dem Ausfegen von Tabakscheunen und meine Nächte zusammen mit minha mãe auf dem Fußboden des Küchenhauses. Wir sind getauft und können glücklich sein, sobald wir dieses Leben hinter uns haben. Der ehrwürdige Vater erzählt uns das. Alle sieben Tage lernen wir lesen und schreiben bei ihm. Wir dürfen die Plantage nicht verlassen, deshalb verstecken wir uns, alle vier, wo das Sumpfland beginnt. Meine Mutter, ich, ihr kleiner Junge und der ehrwürdige Vater. Er darf nicht tun, was er tut, aber trotzdem unterrichtet er uns und sieht sich dabei immer nach bösen Männern aus Virginia und nach Protestanten um, die ihn fangen wollen. Wenn sie das tun, kommt er ins Gefängnis oder muss Geld bezahlen oder beides. Er hat zwei Bücher und eine Schiefertafel. Wir haben Stöcke, um Zeichen in den Sand zu ritzen, und kleine Kiesel, um auf flachen Steinen Wörter zu legen. Sobald die Buchstaben im Gedächtnis sitzen, bilden wir ganze Wörter daraus. Ich bin schneller als meine Mutter, und ihr kleiner Junge ist überhaupt nicht gut. Schon bald kann ich das Nizäische Glaubensbekenntnis hinschreiben, auswendig und mit allen Kommas. Die Beichte wird gesprochen, nicht geschrieben wie jetzt. Ich habe das meiste davon vergessen. Aber ich liebe das Reden. Lina redet, Steine können reden und sogar Sorrow. Am besten von allem ist es, wenn du redest. Als man mich hierher bringt, rede ich anfangs kein Wort. Alles, was ich höre, klingt anders als das, was Worte für minha mãe und mich bedeuten. Linas Worte sagen mir nichts, das ich kenne. Auch nicht die der Mistress. Es dauert, bis ein wenig Rede in meinem Mund ist und nicht auf dem Stein. Lina sagt, der Ort, wo ich auf Stein geredet habe, ist Marys Land, wo der Sir Geschäfte macht. Dort also sind meine Mutter und ihr kleiner Junge begraben. Oder sie werden dort begraben sein, wenn sie endlich bereit sind, zu ruhen. Mit ihnen auf dem Boden des Küchenhauses zu schlafen ist nicht so angenehm wie mit Lina in dem kaputten Schlitten. Wenn es kalt ist, schichten wir Bretter rund um unsere Ecke des Kuhstalls auf und schlingen unter den Fellen unsere Arme umeinander. Vom Kuhmist riechen wir nichts, denn der ist gefroren, und wir stecken tief unter dem Pelz. Wenn im Sommer die Stechmücken um unsere Hängematten schwirren, baut Lina aus Zweigen einen kühlen Schlafplatz. Du magst die Hängematte von jeher nicht und liegst lieber auf dem Boden, sogar bei Regen, wenn der Sir dich in den Lagerschuppen lässt. Sorrow schläft nicht mehr beim Kamin. Die Männer, die dir helfen, Will und Scully, sind nie über Nacht hier, weil ihr Master das nicht erlaubt. Weißt du noch, wie sie keine Befehle von dir entgegennehmen, bis der Sir sie dazu bringt? Er konnte das, weil die beiden Tauschgut sind für Land, das der Sir verpachtet. Lina meint, der Sir weiß ganz genau, wie er was kriegt, ohne was zu geben. Ich weiß, dass das stimmt, weil ich es wieder und wieder vor mir sehe: Ich beobachte, meine Mutter hört zu, ihren kleinen Jungen an der Hüfte. Der Senhor zahlt nicht die ganze Summe, die er dem Sir schuldet. Der Sir sagt, er nimmt stattdessen die Frau und das Mädchen, nicht den kleinen Jungen, und damit ist die Schuld beglichen. Minha mãe fleht nein, nicht. Ihr kleiner Junge liegt noch an ihrer Brust. Sie sagt, nehmt das Mädchen, sie sagt, nehmt meine Tochter. Mich. Mich. Der Sir ist einverstanden und schreibt den Schuldschein um. Sobald die Tabakblätter zum Trocknen aufgehängt sind, nimmt mich der Ehrwürdige Vater mit, erst auf einer Fähre, dann auf einem Segelboot, dann auf einem Schiff, immer eingezwängt zwischen seine Kisten mit Büchern und mit Essen. Am zweiten Tag wird es schneidend kalt, und ich bin froh, dass ich einen Umhang habe, wie dünn auch immer. Der Ehrwürdige Vater entschuldigt sich, er geht irgendwohin auf dem Schiff und sagt, ich soll mich nicht von der Stelle rühren. Eine Frau kommt zu mir und sagt, steh auf. Ich tue es, und sie zieht mir den Umhang von den Schultern. Und die Holzschuhe von den Füßen. Und geht weg. Der Ehrwürdige Vater läuft hellrot an, als er zurückkommt und hört, was passiert ist. Er geht überall herum und fragt wer und wo, aber er findet keine Antwort. Schließlich nimmt er Fetzen, Streifen von Segeltuch, die herumliegen, und wickelt meine Füße darin ein. Heute weiß ich, dass Priester, anders als beim Senhor, hier nicht geliebt sind. Ein Matrose spuckt ins Wasser, als der Ehrwürdige Vater ihn um Hilfe bittet. Der Ehrwürdige Vater ist der einzige freundliche Mensch, den ich kenne. Als ich hier ankomme, glaube ich, dass das der Ort ist, vor dem er immer warnt. Die Eiseskälte, die in der Hölle vor dem ewigen Feuer kommt, in dem die Sündigen für alle Zeiten schmoren und braten. Aber erst, sagt er, erst kommt das Eis. Und als ich es wie Dolche von den Dächern und Bäumen herabhängen sehe und spüre, wie die weiße Luft mein Gesicht versengt, bin ich sicher, dass das Feuer auch noch kommt. Da lächelt Lina, als sie mich anblickt und mich in etwas Wärmendes hüllt. Die Mistress schaut weg. Auch Sorrow freut sich nicht, mich zu sehen. Sie wedelt mit der Hand vor dem Gesicht herum, als würde sie von Bienen belästigt. Sie ist immer ganz komisch, und Lina sagt, sie hat wieder ein Kind im Bauch. Wer der Vater ist, weiß man noch nicht, und Sorrow schweigt dazu. Will und Scully lachen und leugnen. Lina glaubt, es ist vom Sir. Sie sagt, sie hat einen Grund, das zu glauben. Als ich nach dem Grund frage, sagt sie: Er ist ein Mann. Die Mistress sagt nichts. Ich auch nicht. Aber ich habe eine Sorge. Nicht, weil wir mehr Arbeit haben, sondern weil mir Mütter mit einem gierigen Säugling an der Brust Angst einjagen. Ich weiß, wie ihre Augen wandern, wenn sie wählen. Wie sie den Blick heben und mich streng ansehen und etwas sagen, was ich nicht hören kann. Wie sie mir etwas Wichtiges sagen, aber dabei halten sie die Hand ihres kleinen Jungen.

Der Mann schob sich durch die Brandung, watete vorsichtig über Kiesel und Sand ans Ufer. Der Nebel, der Atlantik und der faulige Geruch pflanzlichen Lebens hüllten die Bucht ein und bremsten seinen Schritt. Er konnte seine Stiefel durchs Wasser pflügen sehen, aber nicht seine Hände und seinen Ranzen. Als er die Brandung hinter sich hatte und seine Sohlen in den Schlick sanken, wandte er sich um und wollte den Männern in der Schaluppe zuwinken, aber der Mast war vom Nebel verschluckt, und er wusste nicht, ob sie noch vor Anker lagen oder es wagten weiterzusegeln – möglichst dicht unter Land in der Richtung, in der sie das Hafenbecken und die Lagerschuppen vermuteten. Anders als der Nebel in England, der ihm vertraut war, seit er laufen konnte, oder der Nebel im Norden, wo er jetzt lebte, war dieser hier von der Sonne befeuert und legte sich wie glühendes, zähes Gold über die Welt. Ihn zu durchdringen war, als kämpfe man sich durch einen Traum. Sobald der Schlick sich in Sumpfgras verwandelte, wandte er sich nach links, setzte vorsichtig Schritt vor Schritt, bis er auf Holzbohlen stieß, die strandaufwärts zur Siedlung führten. Von seinen Atemzügen und den Schritten abgesehen war die Welt ohne einen Laut. Erst als er bei den Lebenseichen angelangt war, geriet der Nebel in Bewegung, lichtete sich. Worauf er schneller ausschritt, sich besser orientieren konnte, aber auch das blendende Gold vermisste, durch das er gekommen war.

Immer sicherer, auf dem richtigen Weg zu sein, erreichte er schließlich die windschiefen Hütten, die sich zwischen die beiden großen Plantagen am Flussufer duckten. Dort wurde dem Stallknecht klargemacht, dass er auf ein Pfand verzichten konnte, wenn der Mann mit seiner Unterschrift bürgte: Jacob Vaark. Der Sattel war von minderer Güte, aber die Stute, Regina, erwies sich als ein gutes Pferd. Kaum aufgesessen, fühlte er sich besser, und er ritt sorglos und ein wenig zu schnell an der den Strand säumenden Häuserreihe entlang, bis er auf eine alte Wegspur der Lenape stieß. Hier gab es Grund zur Vorsicht, und er zügelte sein Pferd. In diesem Gebiet konnte er von niemandem wissen, ob Freund oder Feind. Vor einem halben Dutzend Jahren hatte sich ein Heer von Schwarzen, Indigenen, Weißen und *mulattoes* – Sklaven, Freigelassene und in Schuldknechtschaft Verdingte – gegen ihre Herrschaft erhoben, angeführt von einigen der Landbesitzer selbst. Als dieser «Volkskrieg» seine Hoffnungen an den Henker verlor, zeugten die Taten, die in ihm begangen worden waren – Massaker an widersetzlichen Nationen zählten dazu und die Vertreibung der Carolinas von ihrem Land – einen Wildwuchs an neuen Gesetzen, die Chaos schufen, um die Ordnung zu verteidigen. Indem sie die Freisprechung aus der Sklaverei, die Versammlungsfreiheit, die Rechte auf Freizügigkeit und Waffenbesitz für Schwarze Menschen außer Kraft setzten; indem sie jedem Weißen das Recht einräumten, jeden Schwarzen aus jedem beliebigen Grund zu töten; indem sie den Besitzern verstümmelter oder totgeschlagener Sklavinnen und Sklaven Entschädigung zusicherten, schieden sie die Weißen für alle Zeit von allen anderen, schotteten sie von ihnen ab. Jegliches Einvernehmen zwischen Landbesitzern und Arbeitskräften, wie es sich vor und während der Rebellion gebildet hatte, wurde von einem Hammer zermalmt, der nur für die Profitinteressen der Grundherren geschmiedet worden war. In Jacob Vaarks Augen waren es gesetzlose Gesetze, geschaffen nicht, um dem Gemeinwohl oder der Gerechtigkeit zu dienen, sondern der Grausamkeit.

Kurz gesagt, man schrieb das Jahr 1682, und um Virginia stand es noch immer schlecht. Wer konnte den Überblick behalten in all den Kämpfen um Gott, König oder Land? Auch wenn ihm seine Hautfarbe einen gewissen Schutz gewährte, musste jemand, der allein unterwegs war, auf der Hut sein. Er wusste, dass er stundenlang keine andere Gesellschaft haben mochte als die Wildgänse, die über den Wasserwegen des Landesinneren dahinzogen, doch dann konnte plötzlich ein Deserteur mit einer Pistole hinter ein paar umgestürzten Bäumen hervorspringen, oder in einer Senke kauerte eine Familie von Flüchtigen, oder ein bewaffneter Wegelagerer trat ihm entgegen. Mit Münzen verschiedener Prägung versehen und nur mit einem Messer bewaffnet, war er ein lohnendes Opfer. Begierig, diese Kolonie hinter sich zu lassen und eine weniger gefährliche, wenn auch für ihn abstoßendere, zu erreichen, trieb

Jacob seine Stute zu einer schnelleren Gangart an. Zweimal stieg er ab, das zweite Mal, um den blutigen Hinterlauf eines jungen Waschbären zu befreien, der unter einem gestürzten Stamm eingeklemmt war. Regina rupfte Gras am Wegrand, während er so schonend wie möglich zupackte, den Zähnen und Klauen des verängstigten Tiers zu entgehen versuchte. Als es geschafft war, humpelte der Waschbär davon, vielleicht zu seiner Mutter, die ihn hatte im Stich lassen müssen, wahrscheinlicher aber in die Klauen eines anderen Tieres.

Im Galopp ritt er weiter und schwitzte dabei so stark, dass ihm das Salz in den Augen brannte und die Haare an den Schultern klebten. Es war schon Oktober, doch Regina war schweißnass und röchelte. So was wie Winter gibt's nicht hier unten, dachte er, genauso gut hätte er auf Barbados sein können, was er tatsächlich einmal erwogen hatte, auch wenn die Hitze dort, wie man hörte, weitaus lähmender war als hier. Aber das lag Jahre zurück, und sein Entschluss war hinfällig geworden, ehe er ihn in die Tat umsetzen konnte. Ein ihm völlig fremder Onkel aus dem Zweig der Familie, der ihn verstoßen hatte, war gestorben und hatte ihm ein bislang nicht ausgeübtes gutsherrliches Privileg über einen Grundbesitz von einhundertsechzig Tagwerk vermacht, gelegen in einem Landstrich, dessen Klima ihm sehr viel mehr zusagte. Wo man vier Jahreszeiten unterscheiden konnte. Dennoch konnte ihn diese Dunstglocke mit ihrer Hitze und ihren Stechmücken nicht entmutigen. Trotz der langen Überfahrt auf drei Schiffen und drei verschiedenen Gewässern und nun noch diesem anstrengenden Ritt auf dem Lenape-Pfad genoss er die Reise. Die Luft einer Welt zu atmen, die so neu war, fast erschreckend in ihrem Rohzustand, in ihren Versuchungen, verfehlte nie die Wirkung auf seine Lebensgeister. Als er das warme Gold der Bucht erst hinter sich hatte, sah er Wälder, die seit Noahs Zeiten von keinem Menschen betreten worden waren; Küstenpanoramen, so schön, dass sie zu Tränen rührten; wilde Früchte, die man nur zu greifen brauchte. Dass die Kompanie Lügenmärchen über die leichten Profite verbreitet hatte, die angeblich auf die Neuankömmlinge warteten, konnte ihn weder überraschen noch entmutigen. Es waren ja gerade die Anstrengungen und Abenteuer, die ihn lockten. Sein ganzes Leben war eine Abfolge von Gegnerschaften, Wagnissen, Versöhnungen. Und jetzt war er hier gelandet, aus dem armseligen Waisenkind war ein Grundbesitzer geworden, der aus einem Niemandsort einen Punkt auf der Landkarte machte, aus dem Vegetieren in der Wildnis ein wohlgefälliges Leben. Es war genau nach seinem Geschmack, nicht zu wissen, was auf ihn zukam, wer ihm begegnen würde und in welcher Absicht. Gewitzt, wie er war, empfand er ein höchst angenehmes Prickeln, wenn eine Krise, egal ob groß oder klein, rasches Handeln und frische Ideen erforderte. Auf dem zusammengeschusterten Sattel hin und her schwankend, behielt er, ohne den Kopf zu wenden, die Umgebung aus den Augenwinkeln im Blick. Die Gegend war ihm seit Jahren vertraut, noch aus der Zeit, als die Schweden hier siedelten, und später, als er Agent der Kompanie gewesen war. Und später noch, als die Holländer die Macht übernahmen. Zu Zeiten dieser Kämpfe und danach hatte es nie viel gebracht, sich zu vergewissern, wer diesen oder jenen Landstrich, diesen oder jenen Außenposten für sich reklamierte. Ließ man die Indigenen außer Acht, denen all dies eigentlich gehörte, so konnte jeder Flecken Erde von einem Jahr zum anderen von dieser Kirche oder jener Handelskompanie beansprucht oder einem Sohn oder Günstling eines Herrscherhauses als persönlicher Besitz geschenkt werden. Weil die Ansprüche auf Ländereien, abgesehen von den wenigen Fällen, da ein rechtmäßiger Kauf mit Brief und Siegel erfolgte, ein so flüchtiges Ding waren, belastete er sich nicht mit den alten und neuen Namen der Dörfer und befestigten Siedlungen: Fort Orange, Cape Henry, Nieuw Amsterdam, Wiltwyck. Eine Schildkröte hatte ein längeres Leben zu erwarten als so manche dieser Ansiedlungen, und so folgte er seiner eigenen Geographie, zog auf dem Lenape-Pfad von Algonquin über Chesapeake nach Sequehanna. Als er, über den South River kommend, die Chesapeake Bay erreicht hatte, ging er an Land, stieß bald auf ein Dorf und erkundete zu Pferd die Wegspuren der Indigenen, wobei er die Grenzen ihrer Maisfelder achtete, ihre Jagdgründe mit Vorsicht durchquerte und weder eine kleine Siedlung hier noch eine größere dort betrat, ohne vorher höflich um Erlaubnis zu fragen. Er tränkte sein Pferd an einem geeigneten Fluss und mied die Gefahren des Sumpflands, das sich vor den Kiefernwäldern erstreckte. Die Hänge bestimmter Hügel, ein Eichenwäldchen, eine verlassene Höhle, den plötzlichen Duft nach Baumharz wiederzuerkennen war nicht nur angenehm – es war unerlässlich. Als er den Kiefernwald am Rand des Sumpflands verließ, wusste Jacob auch in diesem ad hoc gebildeten Territorium, dass er sich nun endlich in *Mary's Land* befand, das, jedenfalls im Augenblick, dem König unterstand. Zur Gänze.

Als er diesen in Privatbesitz befindlichen Landstrich betrat, beschlichen ihn gemischte Gefühle. Anders als die anderen Kolonien küstenauf- und -abwärts – die umstritten, umkämpft, ständigen Namenswechseln ausgesetzt und im Handel auf das Mutterland beschränkt waren, das sie jeweils gerade beherrschte –, gestattete die Provinz Maryland den Warenhandel mit fremden Märkten. Gut für die Pflanzer, noch besser für die Kaufleute, am allerbesten für die Zwischenhändler.

Doch dieses Eigentum eines Lords war römisch bis ins Mark. In den Siedlungen ließen Priester sich auf offener Straße blicken, ihre Tempel standen wie Menetekel an öffentlichen Plätzen, und ihre unseligen Missionsstationen sprossen an den Rändern der indigenen Dörfer empor. Gesetzgebung, Rechtsprechung und Handel waren fest in ihren Händen, und Frauen in reichen Kleidern und mit hohen Schuhen ließen sich in Wagen herumfahren, die von zehnjährigen *negroes* kutschiert wurden. Er fühlte sich abgestoßen von der verlogenen, prunksüchtigen Bauernschläue der Papisten. «Hütet euch vor der Hure Rom», die ganze Klasse hatte im Kindersaal des Armenhauses diesen Merkvers aus der Fibel auswendig gelernt, «und ihrem gotteslästerlichen Treiben. / Trinkt nicht aus ihrem Sündenkelch / und folgt nicht ihren Geboten.» Was allerdings nicht ausschloss, Handel mit ihnen zu treiben, wobei es ihm oft genug gelungen war, den Vorteil auf seine Seite zu ziehen – vor allem hier, wo Tabak und Sklaven zwei

Währungen in festem Tauschverhältnis waren. Krankheit oder ständige Misshandlung konnte dem einen wie dem anderen den Garaus machen, und in beiden Fällen schlug dies allen Beteiligten zum Nachteil aus, nur nicht dem Leihgeber.

Doch die Verachtung, so schwer sie zu bemänteln war, musste hintangestellt werden. Bei seinen bisherigen Verhandlungen mit dieser Plantage hatte er es mit dem Schreiber des Eigentümers zu tun gehabt, auf zwei Schemeln in der Schenke hatten sie gehockt. Jetzt war er aus irgendeinem Grund ins Herrenhaus geladen oder vielmehr hinzitiert worden, eine Pflanzerresidenz namens Jublio. Ein Kaufmann wurde von einem Gentleman zum Essen eingeladen? An einem Sonntag? Da musste etwas faul sein, dachte er bei sich. Nach Stechmücken schlagend und stets auf der Hut vor Schlangen im Morast, vor denen das Pferd scheuen konnte, erspähte er endlich das mächtige, schmiedeeiserne Tor von Jublio und lenkte Regina hindurch. Er hatte schon gehört, dass das Anwesen prachtvoll war, doch was er nun zu Gesicht bekam, überraschte ihn dennoch. Das Haus, aus honigfarbenem Stein errichtet, glich eher einem Palast, in dem Hof gehalten wurde. Hinter der eisernen Einfriedung sah er rechts in der Ferne, vom Nebel gedämpft, lange Reihen von Quartieren, menschenleer und still. Wahrscheinlich waren alle auf den Feldern, um den Schaden einzudämmen, den das feuchte Wetter der Ernte zuzufügen drohte. Der angenehme Duft von Tabakblättern, an Kaminfeuer und Ale servierende Frauen erinnernd, umhüllte Jublio wie ein Balsam. Der Weg mündete in einen gepflasterten Vorplatz, der einen stolzen Auftakt zur Veranda bildete. Jacob brachte sein Pferd zum Stehen. Ein Junge erschien, dem er, ein wenig ungelenk absteigend, die Zügel in die Hand drückte. «Nur tränken. Kein Futter», beschied er ihn.

«Ja, Sir», sagte der Junge, wendete die Stute und führte sie weg, wobei er beruhigend «braves Mädchen, braves Mädchen» murmelte.

Jacob Vaark stieg drei gemauerte Stufen empor und gleich wieder rückwärts hinunter, um zunächst das gesamte Bauwerk mit seinem Blick erfassen zu können. Zwei breite Sprossenfenster, jedes aus mindestens zwei Dutzend Scheiben gefügt, flankierten die Tür. Fünf weitere Fenster in dem weiträumigen Stockwerk darüber fingen das Licht der Sonne über dem Bodennebel ein. Er hatte noch nie ein Haus wie dieses gesehen. Die wohlhabendsten Männer, die er kannte, bauten nicht mit Mauerwerk, sondern mit Holz, zu Brettern gespalten, und sie brauchten keine großmächtigen Säulen, die einem Parlamentsgebäude gut angestanden hätten. Gewaltig, dachte er, aber auch leicht zu bauen in diesem Klima. Das weiche Holz des Südens, nachgiebiger Stein, nichts brauchte hier abgedichtet zu werden, alles war auf linde Lüfte abgestellt und nicht auf harschen Frost. Innen sicherlich ein langer Flur, viele wohlausgestattete Gemächer und Kammern … Leichte Arbeit, ein leichtes Leben, aber, bei Gott, die Hitze …

Er streifte seinen Hut herunter und wischte sich mit dem Ärmel den Schweiß am Haaransatz ab. Dann stieg er, an seinem schweißgetränkten Kragen fingernd, die Stufen wieder hinauf und stellte den eisernen Fußabstreifer auf die Probe. Noch ehe er klopfen konnte, öffnete ein kleingewachsener Mann der Widersprüchlichkeiten die Tür: alt und alterslos, ehrerbietig und spöttisch, weißes Haar und dunkles Gesicht.

«Einen schönen Nachmittag, Sir.»

«Mr. Ortega erwartet mich.» Über den Kopf des Alten hinweg überblickte Jacob den Raum.

«Gewiss, Sir. Euren Hut, Sir? Senhor D'Ortega erwartet Euch. Vielen Dank, Sir. Hier entlang, Sir.»

Schritte, laut und herrisch, gefolgt von D'Ortegas Stimme: «Genau zur rechten Zeit! Kommt nur, Jacob, kommt.» Er wies ihn zu einem der Zimmer.

«Guten Tag, Sir. Vielen Dank, Sir», erwiderte Jacob und staunte über den Überrock seines Gastgebers, über die Strümpfe, die aufwendige Perücke. Beschwerlich und beengend musste dieser Aufputz in der Hitze sein, und doch war D'Ortegas Haut trocken wie Pergament, während Jacob nicht aufhörte zu schwitzen. Der Zustand des Taschentuchs, das er hervorzog, war ihm ebenso peinlich wie die Notwendigkeit, es zu benutzen.

An einem kleinen Tisch, der von Götzenbildern umgeben war, nahm er Platz, trank bei geschlossenen Fenstern, die die glutheiße Luft aussperren sollten, gewürzte Sassafraslimonade, pflichtete der Meinung seines Gastgebers über das Wetter bei und tat die vorgebrachten Entschuldigungsfloskeln wegen des beschwerlichen Weges, der ihm zugemutet worden war, als unbegründet ab. Nach diesen Präliminarien kam D'Ortega unverzüglich zur Sache. Ein Unglück hatte ihn betroffen. Jacob hatte davon gehört, doch er lauschte höflich und nicht ohne das schuldige Mitgefühl zu zeigen der Version, die sein Kunde und Schuldner ihm nun servierte. D'Ortegas Schiff hatte einen vollen Monat lang eine Seemeile vor der Küste auf Reede gelegen und auf einen anderen Segler gewartet, der jeden Tag eintreffen und Ersatz für die Verluste bringen sollte, die die Fracht erlitten hatte. Ein Drittel der Ladung war ihm eingegangen, am Fleckfieber. Eine Strafe von fünftausend Pfund Tabak war ihm vom Magistrat Seiner Lordschaft aufgebrummt worden, weil die Leichen zu nah an der Bucht ins Wasser geworfen worden waren. Er hatte die Toten wieder rausfischen lassen müssen, soweit sie noch zu finden waren (wofür eigens Piken und Netze besorgt worden waren, schilderte D'Ortega, was schon allein zwei Pfund und sechs Schillinge gekostet hatte), und dann sollte er sie begraben oder verbrennen. Er musste zwei Karren beschaffen (sechzehn Schillinge), auf die sie geworfen und raus ins Marschland gekarrt wurden, wo Alligatoren und Salzwasserpflanzen den Rest besorgen würden.

Schreibt er seine Verluste ab und lässt sein Schiff nach Barbados weitersegeln? Weit gefehlt, dachte Jacob. Dieser verkommene Mensch, stur in seiner Verbohrtheit wie alle Römischen, liegt lieber einen Monat lang vor dem Hafen vor Anker und wartet auf ein Geisterschiff aus Lissabon, das genug Fracht übrig hat, um die Köpfe, die ihm verlorengegangen sind, zu ersetzen. Und während er wartet, dass er seinen Laderaum wieder bis an den Rand füllen kann, geht das Schiff unter, und er hat nicht nur seinen Segler und das ursprüngliche Drittel der Ladung verloren, sondern alles – ausgenommen die Mannschaft, die natürlich nicht angekettet war, und vier unverkäufliche Angolaner, deren Augen glühten vor Wut. Jetzt verlangte er einen weiteren Kredit und sechs zusätzliche Monate für die Rückzahlung der Schulden, die er bereits hatte.

Das Essen war eine öde Angelegenheit und wurde vollends unerträglich, weil Jacob sich so verlegen fühlte. Seine grobe Kleidung stand in heftigem Kontrast zu Seidenstickerei und Spitzenkragen. Seine sonst so geschickten Finger wurden schwerfällig im Umgang mit Geschirr und Besteck. Er hatte sogar noch eine Spur von Waschbärenblut an den Händen. Und so ging die Saat seines Grolls auf. Warum wurde hier an einem schläfrigen Nachmittag für einen einzigen Gast von deutlich niedrigerem Stand ein solches Theater veranstaltet? Da gab es einen Hintergedanken, sagte er sich. Ihm wurde etwas vorgespielt, um ihn zu demütigen, er sollte sich so klein fühlen, dass er sich D'Ortegas Wünschen fügen musste. Die Mahlzeit begann mit einem Gebet, geflüstert in einer Sprache, die er nicht verstand, und vorher wie nachher wurde bedächtig ein Kreuz geschlagen. Jacob schluckte seine Verärgerung hinunter und beschloss, sich trotz seiner schmutzigen Hände und der schweißtriefenden Haare dem Essen zu widmen. Doch sein beträchtlicher Hunger verging ihm, als er die überwürzten Speisen zu Gesicht bekam. Alles mit Ausnahme von Gurken und Rettichen war entweder weich gekocht oder gebraten. Der Wein, der mit Wasser verdünnt und für seinen Geschmack zu süß war, enttäuschte ihn ebenfalls, und die Tischgesellschaft bot immer weniger Trost. Die Söhne waren schweigsam wie die Gräber. D'Ortegas Frau entpuppte sich als schnatternde Elster, die sinnlose Fragen stellte – wie schafft ihr das nur, im Schnee zu leben? – und unsinnige Meinungen zum Besten gab, ganz so, als könne sie in politischen Dingen mitreden wie ein Mann. Vielleicht lag es an der Aussprache, an den bescheidenen Englischkenntnissen seiner Gastgeber, jedenfalls kam es Jacob so vor, als hätte nichts von dem, was hier zur Sprache kam, ein Gegenstück in der wirklichen Welt. Die beiden erzählten vom Ernst der Aufgabe, der einzigartigen Verantwortung, die diese ungezähmte Welt ihnen auferlegte, vom Fortwirken der göttlichen Schöpfung in ihr und all den Schwierigkeiten, die sie im Namen des Höchsten schultern mussten. Sich um die kranken oder widerspenstigen Arbeitskräfte zu kümmern sei schon genug, so meinten sie, um heiliggesprochen zu werden.

«Sind sie denn oft krank, Madam?», fragte Jacob.

«Sie tun so, aber sie sind es nicht», erwiderte seine Gastgeberin. «Halunken sind sie. In Portugal lässt man ihnen solche Gaunereien nie durchgehen.»

«Aus Portugal kommen sie?» Jacob fragte sich, ob die Dienerin Englisch verstand oder ob sie sie nur auf Portugiesisch beschimpften.

«Nun, aus dem angolanischen Teil Portugals», sagte D'Ortega. «So ein reizendes, herrliches Land.»

«Portugal?»

«Angola. Aber natürlich hat Portugal selbst nicht seinesgleichen.»

«Wir haben vier Jahre dort gelebt», fügte Mistress D'Ortega hinzu.

«In Portugal?»

«Angola. Unsere Kinder sind dort aber nicht geboren.»

«Sondern in Portugal?»

«Nein, Maryland.»

«Ah, in England.»

Wie sich herausstellte, war D'Ortega der dritte Sohn eines Rinderzüchters, für den es nichts mehr zu erben gab. Er war nach Angola gegangen, Portugals Sklavenreservoir, um dort die Verschiffung nach Brasilien zu organisieren, und er hatte gemerkt, dass die Hoffnung auf Wohlstand an ferneren Gestaden schneller und umfänglicher in Erfüllung zu gehen schien. Von der einen Art der Herdenhaltung zur anderen war es nur ein kleiner Schritt, der jedoch ungemein bereichern konnte. Jedenfalls für eine Weile, dachte Jacob. D'Ortega schien aus seiner noch verhältnismäßig jungen gesellschaftlichen Stellung keineswegs das Beste zu machen, hatte aber nicht den geringsten Zweifel, dass er sich behaupten würde – was diese Essenseinladung auch beweisen sollte.

Die D'Ortegas hatten sechs Kinder, von denen zwei alt genug waren, um mit am Tisch zu sitzen. Zwei Knaben, stumm wie Steine, dreizehn und vierzehn Jahre alt und unter gepuderten Perücken steckend wie ihr Vater, so als besuchten sie einen Ball oder verkörperten ein hohes Gericht. Jacob wurde bewusst, dass die Verbitterung, die er empfand, seiner nicht würdig war, eine Folge nur des Umstands, dass er selbst keine Nachkommen hatte, weder einen Sohn noch sonst jemanden. Nachdem nun auch seine Tochter Patrician ihren Brüdern ins Grab gefolgt war, gab es im Augenblick niemanden, der die Früchte des bescheidenen, aber rechtschaffenen Wohlstands ernten konnte, den er anzuhäufen hoffte. So suchte Jacob seine Neidgefühle zu bezähmen, wie er es im Armenhaus gelernt hatte, und vertrieb sich die Zeit lieber damit, über mögliche Zwistigkeiten zwischen den Eheleuten zu spekulieren. Äußerlich schienen sie gut zueinander zu passen: selbstverliebt, begehrlich, von größerem Stolz auf ihre Zinnkrüge und ihr Porzellan erfüllt als auf ihre Söhne. Es war sonnenklar, warum D'Ortega so bedrohlich verschuldet war. Wer seine Gewinne für nutzlosen Krimskrams verschleuderte, sich teurer Seidenstrümpfe und einer aufgetakelten Ehegattin nicht schämte und am hellen Tag Kerzen brennen ließ, würde einen geschäftlichen Rückschlag, sei es nun ein Schiffsuntergang oder eine Missernte, nie verkraften können. Als er das Paar beobachtete, fiel Jacob auf, dass die beiden jeden Blickkontakt vermieden, nur wenn die eine Person gerade wegsah, schaute die andere verstohlen zu ihr hin. Er hatte keine Ahnung, was hinter diesen heimlichen Seitenblicken stecken mochte, aber es amüsierte ihn, sich das Schlimmste auszumalen, während er das törichte Tischgeschwätz und die ungenießbaren Speisen zu überstehen versuchte. Die beiden lächelten nicht, sie grinsten. Sie lachten nicht, sie kicherten. Er stellte sich vor, dass sie bei ihren Bediensteten bösartig und gegenüber Priestern unterwürfig waren. Seine anfängliche Verlegenheit angesichts der unvermeidlichen Folgen seiner langen Reise – schlammige Stiefel, schmutzige Hände, Schweiß und die dazugehörigen Gerüche – wurde von Mistress D'Ortegas aufdringlichem Parfüm, dem Puderpanzer ihres Gesichts ins

Bedeutungslose gedämpft. Linderung, wenn auch wenig, verschaffte ihm nur die nach Nelken duftende Frau, die das Essen auftrug.

Diese seltenen Gelegenheiten, da er sich in Gesellschaft solcher Frauen reicher Männer befand, jener Frauen, die täglich ihre Kleider wechselten und ihre Bediensteten in Sackleinen kleideten, ließen ihm seine Rebekka umso kostbarer erscheinen. Von dem Augenblick an, als er seine künftige Braut bepackt mit Bettzeug, zwei Koffern und einem schweren Ranzen auf dem Rücken mühsam über die Laufplanke balancieren sah, wusste er, dass ihm das Glück hold war. Er hätte sich mit einem dürren Knochengestell abgefunden, mit einer hässlichen alten Jungfer, hatte so etwas sogar erwartet, weil eine Hübsche doch sicher in der Heimat genug Gelegenheiten gehabt hätte, einen Mann zu finden. Doch die junge Frau, die seinen Ruf aus der Menge erwiderte, war drall, ansehnlich und zupackend, war jeden Tag der langen Suche wert, die er auf sich genommen hatte, weil die Übertragung der Gutsherrschaft an die Bedingung des Ehestands geknüpft war und weil er ganz bestimmte Vorstellungen von einer Ehefrau hatte. Eine Frau sollte es sein, die keiner Kirche angehörte und im rechten Alter für die Mutterschaft war; die ihrem Mann ergeben sein konnte, ohne sich selbst zu verleugnen; die lesen konnte, ohne überheblich zu sein; die eigenständig war, aber auch häuslich. Vor allem aber durfte sie eines nicht sein – ein zänkischer Drachen. Rebekka erwies sich als genauso ideal, wie sie in der ersten Ankündigung beschrieben worden war. Sie hatte nicht die Spur einer Xanthippe im Leib. Nie wurde ihre Stimme laut vor

Zorn. Sie kümmerte sich um alles, dessen er bedurfte, bereitete die lockersten Klöße, nahm alle Mühsal in dem ihr völlig fremden Land mit Freude und Erfindungsreichtum auf sich, fröhlich wie ein Blaukehlchen. Jedenfalls früher. Drei tote Babys nacheinander, gefolgt vom Unfalltod der fünfjährigen Tochter Patrician, hatten die Flamme in ihr verdunkelt. Eine Art unsichtbarer Asche war auf sie niedergesunken, die von den nächtlichen Wachen an den kleinen Wiesengräbern nicht abgewaschen wurde. Doch kein Wort der Klage kam über ihre Lippen, und keine ihrer Pflichten wurde vernachlässigt. Sie widmete sich der Arbeit auf der Farm eher mit noch größerem Eifer, und wenn er, wie jetzt, in Geschäften unterwegs war, um Handel zu treiben, zu kassieren, zu verleihen, brauchte er sich keine Sorgen darüber zu machen, wie zu Hause gewirtschaftet wurde. Rebekka und ihre beiden Gehilfinnen waren verlässlich wie der Sonnenaufgang und stark wie Säulen. Im Übrigen waren die Zeit und ihre kräftige Konstitution auf ihrer Seite. Sie würde noch mehr Kinder bekommen, und bestimmt würde mindestens ein Junge darunter sein, der heranwuchs und gedieh.

Der Nachtisch, Apfelkompott mit Pekannüssen, war ein Lichtblick, und als er D'Ortega auf dem Rundgang durch das Anwesen begleitete, den abzulehnen ganz unmöglich war, hatte sich seine Stimmung so weit aufgehellt, dass er dem Besitz die schuldige Bewunderung nicht versagen konnte. Der Nebel hatte sich aufgelöst, und so konnte er im Detail erkennen, wie viel Sorgfalt und handwerkliches Geschick überall walteten, bei den Tabakschuppen und den Fuhrwerken, den säuberlich aufgereihten, gut gepflegten Fässern, den wohldurchdachten Nebengebäuden wie Schlachthaus, Molkerei, Wäscherei und Küchenhaus. Alle außer dem letzten aus weißgekalktem Mauerwerk, ein wenig kleiner als die Sklavenquartiere, aber anders als jene in makellosem Zustand. Der eigentliche Sinn und Zweck des Treffens kam bei alldem nicht zur Sprache. D'Ortega hatte bis in die kleinsten Einzelheiten von den Unglücksfällen berichtet, die ihn unverschuldet getroffen und verhindert hatten, dass er seinen Zahlungsverpflichtungen nachkommen konnte. Doch über die Frage, wie er Jacob schadlos halten wollte, war noch kein Wort verloren worden. Angesichts der fleckigen, von Schädlingen befallenen Tabakblätter wurde offenbar, was er als Einziges noch anzubieten hatte: Sklaven.

Jacob sträubte sich. Seine Farm war klein, und für sein Handelsgeschäft brauchte er keine Hilfe. Nicht nur, dass er sie nicht unterbringen konnte, er hatte auch keine Beschäftigung für sie.

«Lächerlich», sagte D'Ortega. «Ihr könnt sie verkaufen. Wisst Ihr denn, was für Preise sie bringen?»

Jacob wand sich. Fleisch war keine seiner Handelswaren.

Doch weil sein Gastgeber darauf bestand, folgte er ihm zu den kleinen Hütten, wo D'Ortega die Mittagsruhe der Insassen unterbrach und vielleicht zwei Dutzend oder mehr von ihnen in gerader Linie Aufstellung nehmen ließ, darunter auch den jungen Burschen, der Regina getränkt hatte. Die beiden Männer schritten die Reihe ab, sahen sich jede einzelne Person an. D'Ortega wies auf besondere Fähigkeiten, auf Schwächen, auf mögliche Einsatzgebiete hin, aber er schwieg zu den Narben, den Verletzungen, die sich wie falsch verlaufende Venen auf ihrer Haut abzeichneten. Einer trug sogar das Brandzeichen im Gesicht, das die hiesige Rechtsprechung vorsah, wenn ein Sklave zum zweiten Mal gegenüber einem Weißen handgreiflich wurde. Die Augen der Frauen wirkten gefeit gegen alles, sie starrten in eine zeitlose Ferne, als wären sie gar nicht anwesend. Die Männer blickten zu Boden. Nur hin und wieder, wenn sie glaubten, nicht taxiert zu werden und sich die Gelegenheit bot, ertappte Jacob sie bei kurzen Seitenblicken, die argwöhnisch waren, vor allem aber urteilend über die beiden Männer, die sie beurteilten.

Plötzlich spürte Jacob, wie sich sein Magen verkrampfte. Ihm wurde übel von dem Tabakduft, den er bei seiner Ankunft so einladend gefunden hatte. Oder lag es an dem gezuckerten Reis, dem von Melasse tropfenden gebratenen Schweinefleisch, dem Kakao, von dem Lady D'Ortega so geschwärmt hatte? Was auch immer, er hielt es nicht mehr aus inmitten dieses Rings von Sklavinnen und Sklaven, deren Schweigen ihn an einen Erdsturz denken ließ, den man aus großer Ferne sah. Kein Laut, aber das Wissen um einen Donnerhall, den er nicht hören konnte. Er entschuldigte sich, er sagte, das Angebot sei unannehmbar, viel zu aufwendig seien der Transport, die Versorgung, das Organisieren der Auktion. Er schätzte an seinen Geschäften doch gerade, dass er sie allein und unbehindert und deshalb nur umso erfolgreicher betreiben konnte. Ein Warenmuster, Kredit- und Schuldbriefe, alles passte in seinen Lederranzen, mehr brauchte er nicht mitzuführen. Sie gingen zurück zum Wohnhaus und durch ein Seitentor des reichverzierten Zauns, während D'Ortega unaufhörlich auf ihn einredete. Er selbst würde den Verkauf übernehmen, englische oder spanische Münze, auch um den Transport würde er sich kümmern, auch den Aufseher besorgen.

Mit Brechreiz im Magen und unangenehm gereizter Nase wurde Jacob zusehends ärgerlich. Eine schöne Zwickmühle, dachte er. Wenn sich keine Lösung fand, wäre ein jahrelanger Rechtsstreit die Folge – und das in einer Provinz, in der die Richter des Königs das Sagen hatten, die einem auswärtigen Kaufmann sicher nicht die gleiche Gerechtigkeit widerfahren lassen würden wie einem eingesessenen katholischen Gentleman. Der Verlust wäre ihm, auch wenn er nicht untragbar war, doch unverzeihlich erschienen, zumal bei diesem Schuldner. Der aufgeplusterte Stolz, mit dem D'Ortega ihn auf dem Gelände herumgeführt hatte, war abstoßend. Auch fand er, dass sich in der Kinnpartie, in den hängenden Augenlidern etwas Weichliches verbarg, genau wie in den Händen, die an Zügel, Peitschen und feine Spitze gewöhnt waren, aber nie einen Pflug geführt oder einen Baum gefällt hatten. D'Ortega hatte etwas an sich, das noch schlimmer war als das Katholische, etwas Schmuddeliges, Überreifes. Aber was konnte er schon tun? Jacob spürte das Demütigende seiner schwachen Position wie eine Blutvergiftung. Kein Wunder, dass diese Brüder in der Heimat aus dem Parlament geworfen worden waren, und wenn er auch nicht glaubte, dass man sie wie Ungeziefer vertilgen musste, so wollte er doch weder mit den Höchsten noch den Niedrigsten von ihnen auf einer anderen Ebene verkehren als der rein geschäftlichen. Kaum noch auf D'Ortegas verlogenes Geschwätz achtend, der um den heißen Brei herumredete, statt mannhaft und klar zur Sache zu kommen, näherte Jacob sich dem Küchenhaus, wo er im Türrahmen eine Frau mit zwei Kindern stehen sah, das eine an der Hüfte, das andere hinter ihren Röcken versteckt. Sie sah einigermaßen gesund aus, war besser genährt als die Übrigen. Einer Laune folgend, hauptsächlich nur, um D'Ortega zum Schweigen zu bringen und seiner Ablehnung ziemlich sicher, sagte er: «Die da. Die nehm ich.»

D'Ortega blieb wie angewurzelt stehen, Verblüffung malte sich in seinen Zügen. «O nein. Ganz unmöglich. Meine Frau erlaubt das nicht. Sie kann nicht ohne die da leben. Sie ist unsere wichtigste Köchin, die beste.»

Jacob trat näher, und als er die Spur von Nelkenduft in ihrem Schweiß wiedererkannte, kam ihm der Verdacht, dass D'Ortega hier mehr als nur eine Köchin verlieren würde.

«Ihr habt gesagt, ‹wen Ihr wollt›. Ich könne nehmen, wen ich will. Wenn Euer Wort nichts wert ist, bleibt nur das Gesetz.»

D'Ortega hob eine Augenbraue, nur eine, als ruhe auf diesem Bogen ein ganzes Weltreich. Er hatte zu kämpfen mit dieser unverschämten Drohung eines Mannes von niedrigerem Stand, das war Jacob klar, aber offenbar wusste er sich so weit zu beherrschen, dass er die Beleidigung nicht mit gleicher Münze heimzahlte. Er wollte diese leidige Angelegenheit rasch zu Ende bringen, und er wollte seinen Willen haben.

«Nun ja», sagte D'Ortega, «es sind doch noch andere

Frauen da. Viele. Ihr habt sie gesehen. Außerdem stillt die hier noch.»

«Dann bleibt nur das Gesetz», sagte Jacob.

D'Ortega lächelte. Ein Rechtsstreit würde sicherlich zu seinen Gunsten ausgehen, und die Zeit, die dabei vertan wurde, arbeitete ebenfalls für ihn.

«Ihr erstaunt mich», sagte er.

Jacob war nicht bereit, klein beizugeben. «Vielleicht wäre Euch ein anderer Gläubiger eher genehm», sagte er und registrierte befriedigt die bebenden Nasenflügel, die ihm zeigten, dass er einen Treffer gelandet hatte. D'Ortega war als säumiger Schuldner bekannt und musste weit außerhalb von Maryland nach Geldquellen suchen, da er seine Freunde bereits strapaziert hatte und die Geldverleiher aus der Gegend nicht mehr bereit waren, ein Risiko mit so ungewissem Ausgang einzugehen. Die Stimmung wurde zusehends gereizt.

«Ihr versteht mein Angebot wohl nicht richtig. Ich leugne meine Schulden nicht. Ich stehe dafür ein. Der Wert einer gut eingewöhnten Sklavin ist mehr als ausreichend.»

«Aber nicht, wenn ich sie nicht brauchen kann.»

«Nicht brauchen? Verkauft sie!»

«Ich handle mit Waren und mit Gold, Sir», sprach Jacob Vaark, der Grundbesitzer. Und konnte sich einen Nachsatz nicht verkneifen: «Aber mir ist klar, dass es einem Papisten schwerfallen muss, sich eine gewisse Zucht aufzuerlegen»

War er zu feinsinnig?, fragte sich Jacob. Ganz offensichtlich nicht, denn D'Ortegas Hand wanderte zu dessen

Hüfte hinunter. Jacobs Augen folgten der Bewegung und sahen, dass sich die beringten Finger über der Scheide eines Dolchs schlossen. Würde er wirklich? Würde dieser verstockte, hochnäsige Laffe wirklich auf seinen Gläubiger losgehen, ihn töten und, das verbriefte Vorrecht der Selbstverteidigung in Anspruch nehmend, sich von seinen Schulden und der gesellschaftlichen Demütigung befreien – auch um den Preis des völligen Ruins, waren seine Geldschatullen doch ebenso leer wie die Scheide seines Dolchs? Vergebens tasteten die fleischigen Finger nach dem nicht vorhandenen Heft. Jacob hob den Blick und erkannte in D'Ortegas Augen die Feigheit, die den Mann höherer Stände befiel, wenn er es waffenlos mit einem einfachen Bürger zu tun bekam. Hier draußen in der Wildnis, angewiesen auf gedungene Wachen, von denen an diesem Sonntag nichts zu sehen war. Jacob war nahe daran zu lachen. Wo sonst als in dieser aus den Fugen geratenen Welt wäre eine solche Begegnung möglich? Wo sonst konnte Mut den Mann von Stand zum Zittern bringen? Jacob wandte sich ab, überließ es seinem wehrlos dargebotenen Rücken, seine Empörung zu zeigen. Es war ein merkwürdiger Augenblick. Er empfand Verachtung und wurde gleichzeitig übermannt von Heiterkeit, machtvoll und anhaltend. Eine innere Verwandlung des bedächtig verhandelnden Kaufmanns in den ungehobelten jungen Burschen, der einst Gassen und Landstraßen unsicher gemacht hatte. Er lachte glucksend in sich hinein und gab sich keine Mühe, das zu verbergen, als er das Küchenhaus passierte und dabei noch einen Blick auf die Frau warf, die in der Tür stand.

Just in dem Moment trat das kleine Mädchen hinter seiner Mutter hervor. An den Füßen hatte es die viel zu großen Schuhe einer Erwachsenen. Vielleicht war es diese Empfindung, in seinen Handlungen ganz frei zu sein, diese neu entdeckte Kühnheit, die Jacobs Lachen, zusammen mit dem Anblick der dünnen Beinchen, die wie dürre Äste aus den abgelatschten, aufgeplatzten Schuhen ragten, plötzlich laut werden ließ: ein herzhaftes, aus der Tiefe des Brustkorbs kommendes Lachen über die hoffnungslose Verfahrenheit dieses Besuchs. Es war noch nicht verstummt, als die Frau, den kleinen Jungen an ihre Hüfte drückend, auf ihn zukam. Ihre Stimme erhob sich kaum über ein Flüstern und ließ doch keinen Zweifel an der Dringlichkeit.

«Bitte, Senhor. Nicht mich. Nehmt sie. Nehmt meine Tochter.»

Jacob sah an ihr hoch, löste den Blick von den Füßen des Kindes und stieß, den Mund noch lachend offen, auf Augen voller Angst. Sein Lachen erstarb zu einem Krächzen, er schüttelte den Kopf und dachte, bei Gott, kein Handel kann elender sein als dieser.

«Aber ja. Natürlich», sagte D'Ortega, der die eben gezeigte Verwirrtheit abschüttelte und seine Würde wieder aufzurichten suchte. «Ich werde sie zu Euch schicken. Sofort.» Seine Augen weiteten sich, sein herablassendes Lächeln wurde breiter, aber er schien immer noch sehr erregt zu sein.

«Meine Antwort gilt», sagte Jacob und dachte: Nur weg von diesem Zerrbild eines Mannes. Aber er dachte auch, dass Rebekka es vielleicht begrüßen würde, wieder ein Kind auf der Farm zu haben. Dieses hier, das in so schrecklichen Schuhen herumschwamm, war etwa so alt wie Patrician gewesen war, und wenn ihm von einem Pferd der Kopf eingetreten würde, wäre der Verlust für Rebekka nicht so aufwühlend.

«Es gibt hier einen Priester», fuhr D'Ortega fort. «Er kann die Kleine zu Euch bringen. Ich schicke die beiden per Schiff zu jedem Hafen dieser Küste, den Ihr nur wollt ...»

«Nein, habe ich gesagt. Nein.»

Plötzlich kniete sich die Frau, die nach Nelken roch, nieder und schloss die Augen.

Sie setzten neue Papiere auf. Einigten sich, dass das Mädchen, im Hinblick auf die Jahre, die es noch vor sich hatte, zwanzig Pesos wert war, wozu zur weiteren Reduzierung des offenen Betrages noch drei große Fässer Tabak oder, vorzugsweise, fünfzehn englische Pfund in bar kommen sollten. Die Anspannung wich, deutlich abzulesen an D'Ortegas Gesichtsausdruck. Jacob, der nur noch weg und seiner guten Meinung von sich selbst neue Nahrung geben wollte, entbot Mistress D'Ortega, den beiden Söhnen und dem Vater ein hastiges Lebewohl. Auf halbem Weg zu dem schmalen Saumpfad wendete er Regina noch einmal, winkte dem Paar zu und musste widerwillig zugeben, dass das Haus, das Tor, der Zaun Neidgefühle in ihm weckten. Zum ersten Mal hatte er einem reichen Grundbesitzer ohne Finten, ohne Schmeichelei, ohne Wortakrobatik die Stirn geboten. Und nicht zum ersten Mal hatte er dabei bemerkt, dass es nicht Herkunft oder Wesensart, sondern nur Dinge waren, die sie trennten. Wäre es nicht hübsch, die Grabsteine auf seinem Anger von einem ähnlichen Zaun umschlossen zu sehen? Und eines nicht mehr allzu fernen Tages ein Haus von vergleichbarer Größe auf seinem eigenen Grund und Boden zu errichten? Auf der Anhöhe, die ein Stück weit zurück lag, sodass sich ein besserer Ausblick auf das Tal und die Berge dahinter bot? Nicht so reich verziert wie D'Ortegas Anwesen. Ohne diese heidnischen Exzesse, das verstand sich, aber angemessen. Und rein, von einem wahren Adel, weil ohne den Makel, der Jublio anhaftete. Erst eine ganze Flotte voller kostenloser Arbeitskräfte machte einen Müßiggang möglich, wie ihn D'Ortega pflegte. Ohne eine Schiffsladung versklavter Angolaner wäre er nicht nur verschuldet, er würde aus der Hand essen statt von teurem Porzellan und im afrikanischen Busch schlafen statt im Baldachinbett. Jacob hatte nur Häme für einen Wohlstand übrig, der auf der Arbeit von Gefangenen beruhte, die in Gefangenschaft zu halten nur umso mehr Gewalt erforderte. Wenn auch nur ein schmaler Bodensatz im Ganzen, schreckte seine Art von Protestantismus zurück vor Peitschen, Ketten und bewaffneten Aufsehern. Er war entschlossen, den Beweis zu führen, dass der Wohlstand und die gesellschaftliche Stellung, die D'Ortega für sich reklamierte, allein mit Fleiß zu erreichen waren, ohne dass man dafür sein Gewissen verkaufte.

Mit einem Tritt in die Flanken trieb er Regina zu rascherem Trab an. Die Sonne stand tief, die Luft war kühler geworden. Er war in Eile, weil er unbedingt vor Einbruch der Dunkelheit wieder in Virginia sein wollte, an der Küste und in Purseys Taverne, wo er in einem Bett zu schlafen hoffte, falls er es nicht mit drei oder vier Mitschläfern teilen musste. Sonst würde er sich, wie die anderen Gäste, irgendwo auf dem Boden zusammenrollen. Vorher aber wollte er sich einen Krug Ale gönnen, vielleicht sogar zwei, um mit dem klaren, bitteren Geschmack die süßliche Fäule von Verderbtheit und verdorbenem Tabak hinwegzuspülen, die er wie einen Belag auf der Zunge zu spüren glaubte. Er gab Regina dem Stallknecht zurück, bezahlte ihn und ging gemächlich zum Kai und zu Purseys Taverne. Auf dem Weg sah er einen Mann, der auf ein Pferd einschlug, bis es vorne in die Knie ging. Jacob hatte noch nicht den Mund geöffnet, um ihn anzubrüllen, als eine Gruppe raubeiniger Matrosen den Mann bereits wegzerrte und seine Knie ebenfalls Bekanntschaft mit dem Straßenschmutz schließen ließ. Kaum etwas konnte Jacob so empören wie die grausame Behandlung von Haustieren. Er wusste nicht, was die Matrosen zum Eingreifen veranlasst hatte; der Zorn, den er empfand, beruhte nicht nur auf den Schmerzen, die dem Tier zugefügt wurden, sondern auf der stummen, fügsamen Ergebenheit, die in den Augen des Gauls schimmerte.

Purseys Taverne war sonntags geschlossen, was er hätte wissen können, und so ging er weiter zu der anderen, die keinen Ruhetag hielt. Sie hatte keine Konzession und hartgesottene Gäste, unter denen es deftig zuging, aber trotzdem gab es gutes, reichliches Essen, und das Fleisch war nie verdorben. Er saß bereits vor seinem zweiten Krug, als ein Fiedler und ein Sackpfeifer hereinkamen, um für gutes Geld gute Laune zu verbreiten, was ihnen bei Jacob schon deshalb, weil der Pfeifer weniger gut spielte als er selbst, so trefflich gelang, dass er in den Gesang der übrigen Gäste einstimmte. Dann stießen zwei Frauen dazu, die von den Männern mit alkoholbefeuertem Enthusiasmus willkommen geheißen wurden. Die Dirnen schäkerten ein wenig herum, ehe sie entschieden, auf welchem Schoß sie sich niederlassen wollten. Jacob zeigte sich abweisend. Er hatte sich in früheren Jahren genug in Bordellen und den liederlichen Häusern umgetan, die von Seemannsfrauen während der Abwesenheit ihrer Männer unterhalten wurden. Die knäbische Unbekümmertheit, die in Jublio über ihn gekommen war, erstreckte sich nicht bis zu den süßen Ausschweifungen, die er in seinen Jugendjahren gesucht hatte.

Er saß an seinem Tisch, der mit den Essensresten früherer Gäste besudelt war, und lauschte den Gesprächen, die ringsumher geführt wurden und meistens von Zuckerrohr, und das bedeutete Rum, handelten. Hier begannen Preis und Nachfrage anzuziehen und den Tabak zu überflügeln, der unter einem Überangebot litt. Der Mann, der am meisten vom Feuerwasser, seiner einfachen Herstellung, seinen phänomenalen Preisen und segensreichen Wirkungen zu wissen schien, führte das große Wort mit der Autorität eines Bürgermeisters.

Stämmig und pockennarbig, hatte er die Ausstrahlung eines Mannes, der auch entlegene Ecken dieser Welt gesehen hatte, und seine Augen machten den Eindruck, lieber in die Ferne zu blicken als auf das Naheliegende. Er hieß Downes, Peter Downes. Ein Schwarzer Junge war gerufen worden und brachte nun sechs Krüge angeschleppt, drei in jeder Hand, die er auf dem Tisch abstellte. Fünf Männer griffen danach und nahmen tiefe Züge. Auch Downes trank, spie aber den ersten Schluck wieder aus, was, wie er seinen Kumpanen erklärte, gleichzeitig eine Opfergabe und ein Schutz vor Vergiftung sein sollte.

«Wie das?», fragte einer. «Das Gift könnte im Bodensatz stecken.»

«Niemals», sagte Downes. «Gift ist wie eine Wasserleiche. Es schwimmt auf.»

Inmitten des Gelächters setzte Jacob sich zu der Runde und lauschte Downes' unwiderstehlichen Erzählungen, die in einer übermütigen Lobpreisung der Frauenbrüste auf Barbados gipfelten.

«Dort wollte ich mich mal niederlassen», warf Jacob ein. «Wie ist es dort, abgesehen von den Brüsten?»

«Wie bei einer Hure», sagte Downes. «Üppig und tödlich.»

«Soll heißen?»

Downes wischte sich die Lippen mit dem Ärmel ab. «Soll heißen, dass alles überreichlich und reif ist, nur das Leben nicht. Das Leben ist karg und kurz. Sechs Monate, achtzehn, und dann –» Seine Finger markierten ein Abschiedswinken.

«Aber wie kommt man damit zurecht? Das muss doch ständig zu Unruhen führen?» Jacob stellte sich vor, wie verschieden die stetige, bedächtige Arbeit auf Jublio von den schludrigen Zuständen war, die auf einer Zuckerrohrplantage herrschen mussten.

«Aber nicht doch.» Downes grinste. «Es werden einfach mehr herangeschafft. Wie beim Brennholz, was zu

Asche geworden ist, wird nachgelegt. Und im Übrigen gibt's ja auch Geburten. Die Insel ist ein einziger Schmortopf voller Mulatten, Kreolen, Zambos, Mestizen, Lobos, Chinos und Kojoten.» Sein Daumen zählte an den Fingerspitzen ab, was in Barbados alles an Menschen produziert wurde.

«Trotzdem bleibt das Risiko hoch», entgegnete Jacob. «Ich habe gehört, dass ganze Gutsbetriebe durch Seuchen in den Ruin getrieben wurden. Was wird sein, wenn die Arbeitskräfte fehlen und immer weniger Nachschub kommt?»

«Warum sollte er abnehmen?» Downes legte die Hände aneinander, als trügen sie den bauchigen Rumpf eines Schiffes. «Die Afrikaner sind ebenso sehr darauf aus, Sklaven an die Holländer zu verschachern, wie englische Plantagenbesitzer darauf aus sind, welche zu kaufen. Der Rum regiert, ganz egal, wer den Handel besorgt. Gesetze? Welche Gesetze denn? Nimm Massachusetts», er ereiferte sich, «dort hat man schon Gesetze gegen den Rumhandel erlassen, aber ist deswegen ein einziger Schluck weniger durch die Kehlen geflossen? Der Handel mit Zuckersirup für die nördlichen Kolonien floriert mehr denn je. Es steckt mehr verlässlicher Gewinn drin als in Pelzen, in Tabak, in Nutzholz, in allem außer Gold, möchte ich meinen: Solange die Flamme brennt, blubbert der Kolben, und das Geld klingt im Kasten. Feuerwasser, Rohrzucker, davon kann's nicht genug geben. Das ist ein Geschäft für Generationen.»

«Trotzdem bleibt es ein elendes Geschäft», sagte Jacob. «Und ein hartes.»

«Überleg doch mal. Pelztiere muss man jagen, töten, häuten, man muss die Pelze schleppen und sich wahrscheinlich noch mit den Eingeborenen um sie streiten. Tabak muss man düngen, ernten, trocknen, zu Ballen pressen, verschiffen, er braucht Zeit und immer wieder neuen Boden. Aber Zucker und Rum? Das Zuckerrohr wächst von selbst, man kann es kaum bremsen, es erschöpft die Scholle nicht. Man muss es nur absäbeln, einkochen, abschicken, fertig.» Downes klatschte in die Hände.

«So einfach ist das?»

«Mehr oder minder. Aber der Witz bei der Sache: Man kann nicht verlieren, was man reingesteckt hat. Niemals. Keine Missernten. Kein Biber oder Fuchs, der ausstirbt. Kein Krieg, der dazwischenkommt. Üppige Ernten, für immer und ewig. Mit den Arbeitssklaven das Gleiche. Die Kundschaft gierig. Das Produkt göttlich. In einem Monat, nicht länger als der Weg von der Brennerei nach Boston dauert, kann ein Mann fünfzig Pfund ins Fünffache verwandeln. Denk mal darüber nach. Jeden Monat, den Gott werden lässt, verfünffacht sich der Einsatz. Garantiert.»

Jacob musste lachen. Er kannte die Masche: Ein Marktschreier wird Zwischenhändler, quasselt einen in Grund und Boden und erschlägt jedes Argument mit großartigen Versprechungen. Aus Downes' Kleidung und seiner abwartenden Haltung, was das Begleichen der Zeche anging, glaubte Jacob jedenfalls schließen zu können, dass er die mühelosen Gewinne, von denen er schwadronierte, selbst noch nicht gemacht hatte.

Trotzdem war er entschlossen, sich die Sache näher anzusehen.

Nachdem ein ausgiebiges Mahl, bestehend aus Austern, Kalb- und Taubenfleisch, Pastinaken und Brotpudding, seine Geschmacksknospen wieder beruhigt hatte, sicherte er sich eine Bettstelle, die er nur mit einem weiteren Schläfer teilen musste, und unternahm noch einen Spaziergang, bei dem er über diesen unbefriedigenden Tag und die Demütigung nachsann, die es für ihn bedeutete, das Mädchen als teilweise Bezahlung einer Geldschuld angenommen zu haben. Ihm war klar, dass er von D'Ortega keinen roten Heller mehr sehen würde. Eines Tages, der vielleicht nicht mehr fern war, würden die Stuarts den Thron zu jedermanns Erleichterung räumen und einer protestantischen Herrschaft Platz machen müssen. Dann, so spekulierte er, wäre ein Gerichtsverfahren gegen D'Ortega erfolgversprechend und er müsste sich nicht mit einem Kind als Bruchteil dessen zufriedengeben, was ihm zustand. Er wusste, dass er den Handel mit der Überlegung gerechtfertigt hatte, Rebekka würde sich über die Kleine freuen, aber daneben gab es noch eine andere, tiefere Wahrheit. Er wusste aus seiner eigenen Kindheit, dass es für Heimatlose und Verwahrloste keinen guten Platz auf dieser Welt gab, der nicht der Großherzigkeit von Fremden zu danken war. Selbst wenn sie verschachert wurden, verstoßen, in die Hände von Lehrherren gegeben, verkauft oder getauscht, verführt oder zum Essenklauen geschickt oder für Obdach ausgebeutet oder geraubt, so waren sie doch noch besser dran, wenn ein Erwachsener über sie wachte. Selbst wenn sie ihrem Vater oder ihrer Mutter oder ihrem Herrn weniger wert waren als eine Milchkuh, so wartete ohne einen Erwachsenen ein größeres Risiko auf sie, im Schlaf auf kalten Stufen zu erfrieren, mit dem Gesicht nach unten in Kanälen zu treiben, an Uferböschungen und Stränden angeschwemmt zu werden. Es lag ihm nicht, sich in Sentimentalitäten über seine eigene Vergangenheit als Waisenkind zu ergehen, die Jahre, die er gemeinsam mit anderen Kindern verschiedenster Hautfarbe damit zugebracht hatte, sich das tägliche Brot zusammenzustehlen und für kleine Botendienste milde Gaben zu schnorren. Seine Mutter, so hatte man ihm erzählt, war ein belangloses junges Ding gewesen und im Kindbett gestorben. Sein Vater, aus Amsterdam gebürtig, hinterließ ihm einen Namen, der nicht nur zu Wortspielen einlud, sondern tiefen Argwohn weckte. Die Schande, die die Niederlande über England gebracht hatten, war allseits bekannt, besonders in dem Armenhaus, in das er eingewiesen wurde, ehe er das Glück hatte, Botendienste für eine Anwaltskanzlei verrichten zu dürfen. Er musste lesen und schreiben können für diese Arbeit, die ihm schließlich die feste Anstellung bei der Kompanie verschaffte. Dass er Grund und Boden erbte, entschädigte ihn ein wenig für den Kummer, den seine fragwürdige Abkunft und sein besitzloser Stand ihm bereitet hatten. Trotzdem empfand er auch weiterhin ein bestürzendes Maß an Mitgefühl mit Waisen und Streunern, war ihm nur zu gegenwärtig, wie traurig sie sich, genau wie früher er selbst, auf den Marktplätzen, Straßen, Gassen und Hafenkais aller Weltgegenden herumtrieben, die er bereist hatte. Früher war ihm ein Nein schwergefallen, wenn er aufgefordert wurde, ein unbehaustes, ungewolltes Kind zu retten. Ein Jahrzehnt war es nun her, da bat ihn ein Holzfäller, ihm ein verstocktes, lockenköpfiges Mädchen abzunehmen, das er halbtot an einem Flussufer aufgelesen hatte. Jacob erklärte sich einverstanden, vorausgesetzt, ihm würden die Kosten der Balken erlassen, die er erstehen wollte. Anders als jetzt konnte seine Farm damals eine helfende Hand wirklich gebrauchen. Rebekka war schwanger, aber von den zuvor geborenen Söhnen hatte keiner überlebt. Die Farm umfasste achtzig Tagwerk gerodete Anbaufläche in einem Waldbesitz von hundertsechzig Tagwerk und lag ungefähr sieben Meilen von einer Siedlung entfernt, die von einer Gruppe von Sektierern gegründet worden war. Während etlicher Jahre, in denen viele Holländer (aber nicht die mächtigen und reichen) der Region den Rücken kehrten oder aus ihr vertrieben wurden, war die Gutsherrschaft brach gelegen, und auch heute war der Landstrich, von den Sektierern abgesehen, noch weitgehend menschenleer. Jacob brachte bald in Erfahrung, dass diese sich mit ihren Glaubensbrüdern über der Frage entzweit hatten, ob das göttliche Erlösungswerk universeller Natur sei oder sich auf dem Weg der Gnadenwahl vollziehe. Sie selbst neigten Letzterem zu und hatten sich im Landesinneren ihr Refugium geschaffen, weit jenseits von Kriegen und den Stützpunkten der Pelzhändler. Als Jacob, der als kleiner Agent für die Kompanie und für sich selbst nebenher mit Pelzen und Bauholz handelte, sich plötzlich in der Rolle eines Erben wiederfand, freundete er sich rasch mit dem Gedanken an, als Farmer mit Grundbesitz sein freier Herr zu sein. Er blieb dieser Meinung treu und tat, was zu tun war – beschaffte sich eine Frau und jemanden, der ihr zur Hand gehen konnte, pflanzte und baute, zeugte Kinder … Das Leben als reisender Kaufmann hatte er alldem einfach hinzugefügt. Andernfalls hätte er sich mit einem sesshaften Dasein als Farmer in der Nachbarschaft von Menschen zufriedengeben müssen, deren Religion ihn sprachlos machte, auch wenn sie ihren Blasphemien in der sicheren Entfernung von sieben Meilen nachgingen. So aber gehörte sein Land einem Mann, der oft auf Reisen war und genau wusste, dass es sich angesichts seiner häufigen Abwesenheit nicht empfahl, allzu viele männliche Arbeitskräfte zu beschäftigen. Dass er die ruhige, weibliche Art des Arbeitens den unbeherrschten Männern vorzog, lag an den Erfahrungen, die er als Jugendlicher mit sich selbst gemacht hatte. Ein oft abwesender Master war eine Versuchung, ja, eine Einladung – zu fliehen, zu schänden, zu rauben. Die beiden Männer, die nur zu gelegentlichen Hilfsarbeiten kamen, stellten keine Gefahr dar. Frauen aber, denen ein bekömmliches Umfeld geboten wurde, waren von Natur aus zuverlässig. Er glaubte es jetzt, angesichts dieses seltsam beschuhten Kindes, das von seiner Mutter verstoßen wurde, genau wie er es vor einem Jahrzehnt bei der lockigen Gänsemagd geglaubt hatte, der sie den Namen Sorrow gaben. Bei beiden konnte der Erwerb als ein Akt der Rettung gesehen werden. Nur Lina war regelrecht und in vollem Bewusstsein gekauft worden, aber sie war auch eine Frau und kein Kind.

Er dehnte seinen Spaziergang in der lauen Nachtluft so weit wie möglich aus, bis die Lichter der Bierschenke wie Brillanten gegen die Dunkelheit kämpften und die Stimmen der Zecher dem seidigen Rascheln der Brandung unterlagen. Der Himmel hatte sein morgendliches Feuer ganz und gar vergessen und schmückte sich jetzt mit kühlen Sternen auf einer Leinwand, die so glatt und dunkel war wie Reginas Fell. Jacob starrte in das Sternengesprenkel, das hier und da im Wasser tanzte, dann bückte er sich und legte seine Hände hinein. Sand bewegte sich unter seinen Handflächen, Miniaturwellen liefen über seinen Handgelenken aus und benetzten die Manschetten an seinen Ärmeln. Nach und nach wurden die Anhaftungen des Tages abgewaschen, darunter auch eine schwache Spur von Waschbärenblut. Als er zum Gasthaus zurückging, war ihm nichts mehr im Weg. Natürlich war es immer noch sehr warm, aber kein Nebel, ob golden oder grau, hinderte seinen Schritt. Und bei alldem nahm ein Plan allmählich Gestalt an. Er wusste gut genug, dass ihm zum Farmer einiges fehlte, dass ihn die Enge, die Gleichförmigkeit dieser Existenz in der Tat langweilte, während er an seinen Handelsgeschäften rasch Geschmack gefunden hatte. Und jetzt spielte er mit dem Gedanken an eine noch weitaus lohnendere Unternehmung. Der Plan war so süß wie der Zucker, auf dem er beruhte. Und es lagen doch wahrhaftig Welten zwischen der körperlichen Nähe der Sklaven von Jublio und einem fernen Heer von Arbeitskräften auf Barbados. War es nicht so? Es war so, dachte er und blickte empor zum Firmament, das übersät war von Sternen. Es war so klar. Das Silber, das dort oben glitzerte, war gar nicht unerreichbar. Und der milchige Strom, der sich zwischen den Sternen ergoss, war Sahne, von der er kosten sollte.

Die Schwüle war noch immer drückend, und sein

Bettgenosse fand keine Ruhe, aber er selbst schlief gut. Wahrscheinlich weil er von einem Herrenhaus mit vielen Zimmern träumte, das sich auf einem Hügel über den Nebel erhob.

Seit du gegangen bist ohne Abschied, vergeht der Sommer, dann der Herbst, und als auch der Winter schwindet, kehrt die Krankheit zurück. Nicht wie vorher bei Sorrow, sondern beim Sir. Als er diesmal zurückkommt, ist er verändert, träge und schwer zufriedenzustellen: Er ist barsch zur Mistress. Er schwitzt und verlangt dauernd nach Apfelmost, und keiner glaubt, dass die Pusteln die Krankheit sein werden, die Sorrow hatte. Er kotzt bei Nacht und flucht am Tag. Bis er für beides zu schwach ist. Er erzählt uns, dass er sich Hilfskräfte gesucht hat, darunter bin ich, die die Masern überlebt haben, wie kann ihm dann so was passieren? Er muss uns um unsere Gesundheit beneiden, und er muss spüren, dass er um sein neues Haus betrogen wird. Lass dir sagen, dass es noch immer nicht fertig ist, aber deine Schmiedearbeit ist ein Wunder fürs Auge. Noch immer küssen sich die glänzenden Kobras über der Krone des Tors. Das Haus ist gewaltig, und es wartet nur noch auf den Glaser. Der Sir will hingebracht werden, obwohl noch keine Möbel drin sind. Er sagt der Mistress nur schnell, nur schnell, der Frühlingsregen macht nichts, der seit Tagen vom Himmel strömt. Die Krankheit hat nicht nur sein Gesicht verändert, sondern auch seinen Geist. Will und Scully sind weg, und als wir Frauen ihn auf einer Decke, die jede von uns an einem Zipfel hält, in das Haus hinübertragen, schläft er mit weit offenem Mund und wird niemals wach. Niemand weiß, weder die Mistress noch wir, ob er auch nur für eine Minute genug Leben in sich hatte, um den Duft des neuen Kirschholzbodens zu bemerken, auf dem er liegt. Wir sind allein. Niemand da, den Sir zu betrauern und in ein Leichentuch zu packen, außer uns. Will und Scully müssen heimlich kommen, um das Grab auszuheben. Man warnt sie, sie sollen wegbleiben. Ich glaube nicht, dass sie das wollen. Ich glaube, ihr Master will, dass sie das wollen, wegen der Krankheit. Der Pastor kommt nicht, obwohl er ein Freund ist, der Sorrow gern hat. Auch von der Gemeinde kommt niemand. Trotzdem sagen wir das Wort nicht laut, bis wir ihn neben seinen Kindern ins Grab legen und die Mistress selbst zwei Stück in ihrem Mund entdeckt. Das ist das einzige Mal, dass wir das Wort flüstern. Pocken. Als wir es am nächsten Morgen sagen, hat sie zu den zweien auf der Zunge noch dreiundzwanzig im Gesicht. Fünfundzwanzig, alles in allem. Sie will dich genauso dringend hier haben wie ich. Für sie geht es um die Rettung ihres Lebens. Für mich darum, ein Leben zu haben.

Du hast wahrscheinlich keine Ahnung, wie sehr dein Rücken dem gleicht, was am Himmel ist: Sonnenschein, Mondaufgang. Ich ruhe daran. Mit den Händen, mit den Augen, mit dem Mund. Zum ersten Mal sehe ich ihn, als du mit dem Blasebalg das Feuer anfachst. Ein Schimmer von Wasser läuft dein Rückgrat hinunter, und ich erschrecke mich vor mir selbst, weil ich es ablecken will. Ich renne weg in den Kuhstall, damit aufhört, was da in mir passiert. Aber nichts hört auf. Da bist nur noch du. Nichts außer du. Meine Augen sind hungrig, nicht mein Bauch. Die Zeit wird nie genug sein, um anzuschauen, wie du dich bewegst. Dein Arm hebt sich für einen Schlag aufs Eisen. Du beugst ein Knie zum Boden. Du bückst dich. Du hältst inne, um Wasser erst aufs Eisen und dann dir in die Kehle zu schütten. Du weißt noch nicht, dass ich auf der Welt bin, und ich bin schon ganz weg von dir. Mein Mund steht offen, meine Knie sind weich, das Herz wird zum Zerreißen weit.

Die Nacht kommt, und ich klaue eine Kerze. In einem Topf hole ich einen Funken Glut, um sie anzuzünden. Um mehr von dir zu sehen. Als sie angezündet ist, schirme ich die Flamme mit meiner Hand. Ich schaue, wie du schläfst. Ich schaue zu lange. Passe nicht auf. Die Flamme sengt meine Handfläche. Ich denke, wenn du aufwachst und siehst, wie ich dich ansehe, dann falle ich tot um. Ich laufe weg und weiß noch nicht, dass du siehst, wie ich dich ansehe. Und als sich unsere Augen endlich treffen, falle ich nicht tot um. Zum ersten Mal spüre ich Leben.

Lina ist zappelig wie ein Lachs am Haken, als sie im Dorf mit mir wartet. Das Fuhrwerk der Ney-Brüder bleibt aus. Stundenlang stehen wir erst und sitzen dann am Wegrand. Ein Junge und ein Hund treiben Ziegen an uns vorbei. Er lüpft den Hut. Es ist das erste Mal, dass irgendein Männerwesen so etwas vor mir macht. Es gefällt mir. Ein gutes Zeichen, denke ich mir, aber Lina warnt mich vor so vielen Dingen und sagt, wenn du nicht zu Hause bist, darf ich auf keinen Fall warten. Ich soll sofort zurückkommen. Mit Pferden kann ich nicht umgehen, also soll ich mich am nächsten Tag von dem Pferdekarren mitnehmen lassen, der Milch und Eier zum Markt bringt. Leute gehen vorbei und gucken, aber sie sagen nichts. Wir sind Frauen, und deshalb haben sie keine Angst. Sie wissen, wer Lina ist, aber sie tun so, als wären wir Fremde. Wir warten weiter und so lange, dass ich mein Brot und den Dorsch nicht aufspare. Ich esse den Fisch ganz auf. Lina stützt die Stirn auf eine Hand und den Ellenbogen auf ein Knie. Sie strömt schlechte Laune aus, deshalb behalte ich meine Gedanken über den Ziegenhirten und seinen Hut für mich.

Der Wind ist kalt und riecht nach Schnee. Endlich kommt das Fuhrwerk. Ich klettere hinauf. Der Kutscher hilft mir und lässt seine Hand lange und fest auf meinem Hintern. Ich schäme mich. Wir sind zu siebt, dazu die Ney-Brüder, und die Pferde sind nicht die Einzigen, die unruhig werden, wenn im Frühjahr noch Schneeflocken fallen. Ihre Flanken zittern, sie schütteln ihre Mähnen. Wir sind auch unruhig, aber wir sitzen ganz still, während die Flocken vom Himmel fallen und sich auf unsere Halstücher und Hüte legen und unsere Wimpern überzuckern und die wolligen Bärte der Männer wie mit Mehl bestäuben. Zwei Frauen halten ihr Gesicht in den Wind, der ihre Haare peitscht wie die Fäden am Maiskolben, ihre Augen sind feuchte Schlitze. Die andere hat den Mantel über den Mund hochgezogen und lehnt sich an einen Mann. Ein Junge mit einem blonden Zopf sitzt auf dem Wagenboden, die Hände um die Fußknöchel geschlungen. Er und ich sind die Einzigen, die keine Decken oder Tücher haben, um unsere Füße zu bedecken.

Frischer Schnee auf sprossenden Blättern sieht hübsch aus. Vielleicht bleibt er so lange liegen, dass die Fährten der Tiere zu sehen sind. Männer freuen sich immer im Schnee, weil dann das Töten so gut geht. Der Sir sagt, wenn Schnee liegt, kann niemand verhungern. Genau wie im Frühling, denn noch ehe die Beeren herauskommen und das Gemüse gegessen werden kann, wimmelt es in den Flüssen von Fischen und am Himmel von Vögeln. Aber dieser Schnee wird nicht liegen bleiben, auch wenn er schwer ist, nass und dick. Ich ziehe die Füße unter meinen Rock, nicht um sie zu wärmen, sondern um den Brief zu schützen. Das Tuch mit dem Brot halte ich im Schoß umklammert.

Die Mistress lässt mich den Weg auswendig lernen, der zu dir führt. Ich soll am Morgen in den Wagen der Ney-Brüder steigen, der auf der Poststraße nach Norden fährt. Nach einem Halt bei einer Schenke soll der Wagen kurz nach der Mittagsstunde einen Ort erreichen, den sie Hartkill nennt, und da steige ich aus. Ich soll mich links halten, nach Westen gehen auf dem Abenaki-Pfad, den ich an einem jungen Baum erkenne, der in den Boden zurückgebogen ist, aber ein Trieb weist genau nach oben. Doch der Wagen der Ney-Brüder kommt viel zu spät. Als ich aufsteige und mir ganz am Ende, hinter den anderen, einen Platz suche, ist es schon später Nachmittag. Die anderen fragen mich nicht, wo ich hinwill, aber nach einer Weile fangen sie an, sich flüsternd zu erzählen, wo früher ihr Leben war. Am Meer, erzählen die Frauen, sie putzen die Schiffe, und die Männer teeren die Rümpfe und halten die Kais instand. Sie sind sicher, dass die Jahre ihrer Schulden vorbei sind, aber ihr Master sagt nein. Er schickt sie woanders hin, in den Norden, in eine Gerberei, für noch mehr Jahre. Ich verstehe nicht, warum sie traurig sind. Alle müssen arbeiten. Lasst ihr jemanden zurück, der euch lieb ist?, frage ich. Alle Köpfe wenden sich mir zu, und der Wind erstirbt. Dumm, sagt ein Mann. Jung, sagt eine Frau mir gegenüber. Der Mann sagt: Trotzdem. Eine andere Frau mischt sich ein und sagt: Lasst sie in Frieden. Aber zu laut. Ruhe dahinten, ruft der Kutscher. Der Mann, der mich dumm nennt, beugt sich nach vorn und kratzt sich am Knöchel, er kratzt sich lange, während die anderen husten und mit den Schuhen scharren, als wollten sie sich dem Befehl des Kutschers widersetzen. Die Frau neben mir flüstert mir zu, es gibt keine Särge in der Gerberei, nur den schnellen Tod in Säure.

In der Schenke braucht man schon Licht, als wir ankommen. Erst sehe ich sie gar nicht, aber einer von uns deutet nach vorn, und dann sehen es alle. Ein Licht blinzelt durch die Bäume. Die Neys gehen hinein. Wir warten. Sie kommen heraus, um den Pferden und uns Wasser zu geben, und gehen wieder hinein. Dann hört man wieder ein ratschendes Geräusch. Ich schaue nach unten und sehe, wie das Seil, das ihnen von den Fußknöcheln fällt, sich am Wagenboden ringelt. Der Schneefall hört auf, und die Sonne ist untergegangen. Leise, ganz leise rutschen sechs vom Wagen, die Männer fangen die Frauen in ihren Armen auf. Der Junge springt allein. Die drei Frauen geben mir Zeichen. Ich fasse mir ein Herz und rutsche auch runter. Sie entfernen sich in der Richtung, aus der wir kommen, suchen ihren Weg so gut es geht im Schutz der Bäume am Straßenrand, wo kaum Schnee ist. Ich folge ihnen nicht. Aber ich kann auch nicht im Wagen bleiben. In meiner Brust sitzt ein kalter Stein. Ich brauche keine Lina, um zu wissen, dass ich nicht allein sein darf mit fremden Männern mit schwerfälligen Händen, wenn sie voller Alkohol und Wut entdecken, dass ihre Fracht dahin ist. Ich muss mich schnell entscheiden. Ich entscheide mich für dich. Ich gehe nach Westen, in den Wald hinein. Alles, was ich will, ist im Westen. Du und deine Worte und die Medizin, die du kennst, um die Mistress wieder gesund zu machen. Du wirst dir anhören, was ich zu sagen habe, und wirst zurückkehren mit mir. Ich muss nur nach Westen gehen. Einen Tag lang? Zwei Nächte?

Ich laufe zwischen Kastanien lang, die die Straße säumen. Ein paar, die schon Blätter zeigen, halten den Atem an, bis der Schnee schmilzt. Die weniger schlauen lassen ihre Knospen auf den Boden fallen wie getrocknete Erbsen. Ich bin nach Norden unterwegs zu der Stelle, wo der junge Baum sich in die Erde biegt und ein Trieb gen Himmel weist. Und dann Richtung Westen zu dir. Ich beeile mich, um ein gutes Stück voranzukommen, solange es noch nicht ganz finster ist. Der Boden fällt steil ab, und ich kann nirgends anders hin als da hinunter. Obwohl ich aufpasse, komme ich von der Straße ab. Das Laub ist noch zu dünn, um zu schützen, deshalb ist die Erde überall rutschig vom Schnee, und meine Fußabdrücke ziehen sich lang und laufen voll. Der Himmel ist dunkel wie Korinthen. Kann ich noch weiter, frage ich mich. Soll ich noch? Zwei Hasen erstarren vor mir, ehe sie weghoppeln. Ich weiß das nicht zu deuten. Ich höre Wasser rieseln und taste mich in Richtung des Geräuschs durch das Dunkel. Der Mond ist noch schmal. Ich strecke einen Arm vor mich hin und gehe langsam, damit ich nicht stolpere und stürze. Aber das Geräusch stammt von den tropfenden Kiefern, nicht von einem Bach oder Fluss. Ich mache die Hand hohl, um ein wenig von dem Tropfschnee fangen und schlucken zu können. Ich höre die Tatzen nicht und sehe keinen Schatten. Es ist der Geruch von nassem Fell, der mich erstarren lässt. Wenn ich es riechen kann, dann riecht es mich auch, denn in meinem Tragetuch ist nichts mehr übrig, was einen starken Duft hat, nur Brot. Ich weiß nicht, ob es größer oder kleiner ist als ich, ob es allein ist. Ich beschließe, mich nicht zu rühren. Ich höre nicht, dass es sich entfernt, aber der Geruch wird endlich schwächer. Ich denke, es wird das Beste sein, auf einen Baum zu klettern. Die alten Kiefern sind mächtig. Jede ist ein gutes Versteck, auch wenn sie sich gegen mich wehren und mir die Haut aufreißen. Die Äste schwanken, aber sie tragen mich. Ich verberge mich vor allem, was kriecht und schleicht. Ich weiß, dass der Schlaf mich meiden wird, weil ich zu viel Angst habe. Die Äste ächzen und biegen sich. Mein Plan für diese Nacht ist nicht gut. Ich brauche Lina, die mir sagen kann, wie man sich in der Wildnis schützt.

Lina ließ sich nicht beeindrucken von der festlichen Stimmung, der aufgekratzten Zufriedenheit bei allen Beteiligten, und sie hatte sich geweigert, hinein oder auch nur bis zur Schwelle zu gehen. Das dritte und nun wohl letzte Haus, dessen Bau der Sir durchgesetzt hatte, stand der Sonne im Weg und forderte den Tod von fünfzig Bäumen. Und nachdem er nun darin gestorben war, würde er für immer in den Räumen umgehen. Das erste Haus, das der Sir baute – gestampfter Lehmboden, junges Holz –, war weniger fest als das mit Baumrinde verkleidete, in dem sie geboren worden war. Das zweite Haus war ein starker Bau. Er riss das erste wieder ab, um Holzdielen für das zweite zu gewinnen, das vier Zimmer hatte, einen richtigen Kamin und Fenster mit gut schließenden Läden. Für ein drittes gab es keinen Bedarf. Doch gerade dann, als keine Kinder mehr da waren, die es bewohnen oder erben konnten, versteifte er sich darauf, es zu errichten, größer, mit zwei Geschossen, von einem Zaun umfriedet und mit einem Tor wie jenes Haus, das er auf seinen Reisen gesehen hatte. Die Mistress hatte nur geseufzt und Lina anvertraut, der Bau zwinge ihn nun wenigstens zu häufigerer Anwesenheit auf der Farm.

«Der Handel und das Reisen füllen seine Taschen», hatte sie gesagt, «aber als wir heirateten, war es ihm genug, ein Farmer zu sein. Jetzt …» Ihre Stimme verlor sich, während sie dem Schwan die Federn ausriss.

Als das Haus aber gebaut wurde, konnte die Mistress ein Lächeln nie ganz aus ihrem Gesicht verbannen. Wie alle anderen – Willard, Scully, die gedungenen Helfer, Lieferanten – war sie in Hochstimmung und tischte auf, als wäre Erntezeit. Die einfältige Sorrow brachte vor Vergnügen den Mund nicht mehr zu, der Schmied lachte, Florens war übermütig wie ein Farnkraut im Wind. Und der Sir war in einer Feierlaune, die sie noch nie an ihm erlebt hatte. Nicht bei der Geburt seiner unglücklichen Söhne, nicht in der Freude an seiner Tochter, nicht wenn ihm ein besonders günstiger Geschäftsabschluss Grund zum Prahlen gab. Es war keine plötzliche Veränderung, aber sie reichte tief. Die letzten Jahre schien er von Verstimmungen geplagt, war weniger umgänglich, aber kaum dass er beschlossen hatte, die Bäume zu töten und ein profanes Denkmal seiner selbst an ihre Stelle zu setzen, war er in jedem wachen Augenblick froh gestimmt.

Bäumen in solcher Menge ans Leben zu gehen, ohne sie um Einwilligung zu bitten, musste natürlich Unglück heraufbeschwören. Und wirklich, kaum stand das Haus vor der Vollendung, wurde er krank und kannte nichts anderes mehr. Für Lina war er ein Rätsel. So wie alle Europäer. Einst jagten sie ihr Schrecken ein, dann wurde sie von ihnen gerettet. Jetzt verwirrten sie sie nur noch. Warum, so fragte sie sich, hatte die Mistress ein liebesblindes Mädchen ausgeschickt, um den Schmied zu suchen? Warum bezähmte sie nicht ihren Stolz und suchte bei einem der Wiedertäufer Hilfe? Der Pastor wäre mehr als willig. Arme Florens, dachte Lina. Wenn sie nicht geraubt oder ermordet wird, wenn sie ihn gesund und sicher findet, dann kehrt sie nicht zurück. Warum sollte sie? Lina hatte erst halbwegs amüsiert, dann zusehends kummervoll die Balz beobachtet, die an dem Morgen begann, als der Schmied eintraf, um an dem törichten Bauwerk mitzuhelfen, das der Sir errichtete. Florens war erstarrt wie eine überraschte Hirschkuh, als er vom Pferd stieg, seinen Hut abnahm und fragte, ob dies die Farm der Vaarks sei. Lina hatte den Milchkübel in die linke Hand verlagert und hügelaufwärts gedeutet. Die Mistress war, eine Jungkuh führend, um die Stallecke gekommen, hatte ihn nach seinem Begehr gefragt und geräuschvoll die Luft durch die Zähne gezogen, als er antwortete.

«Du lieber Himmel», murmelte sie, reckte die Unterlippe vor und pustete sich Haare aus der Stirn. Dann: «Wart hier einen Augenblick.»

Während die Mistress die Kuh zur Weide führte, senkten sich die Blicke des Schmieds und Linas ineinander, ehe er seinen Hut wieder aufsetzte. Kein einziges Mal sah er Florens an, die ganz in der Nähe stand, nicht zu atmen wagte und den Melkschemel mit beiden Händen umklammert hielt, als genüge ihr Gewicht nicht, um sie am Boden zu halten. Schon damals hätte Lina ahnen können, wohin das führen musste, aber sie glaubte stattdessen, dass Sorrow, die immer eine leichte Ernte war, seine Aufmerksamkeit bald auf sich ziehen und Florens' Schmachten zur Vergeblichkeit verdammen würde: Als sie von der Mistress erfuhr, dass er ein freier Mann war, verdoppelten sich ihre Ängste. Er hatte also Rechte und Privilegien, ganz wie der Sir. Er konnte heiraten, Hab und Gut besitzen, reisen, seine Arbeitskraft selbst verkaufen. Sie hätte die Gefahr sofort erkennen müssen, denn seine Anmaßung war offensichtlich. Als die Mistress zurückkehrte und sich die Hände an der Schürze abwischte, zog er noch einmal den Hut, und dann tat er etwas, was Lina noch niemals bei einem Afrikaner gesehen hatte: Er sah die Mistress offen an, wobei er den Blick ein wenig senken musste, weil er sehr groß war, und über seine Augen, schräg und gelb wie bei einem Widder, ging kein Lidschlag. Also stimmte gar nicht, was sie gehört hatte – dass seinesgleichen nur Kindern oder geliebten Menschen in die Augen schauen durften; dass alle anderen es als Respektlosigkeit oder als Drohung empfinden mussten. In der Siedlung, in die Lina gebracht worden war, nachdem die Feuersbrunst ihr Dorf ausgelöscht hatte, galt eine solche Kühnheit von Seiten eines Afrikaners als hinreichender Grund für die Peitsche. Es blieb ein unergründliches Rätsel. Europäer konnten in aller Seelenruhe Mütter niedermetzeln und alten Männern das Gesicht mit Musketen wegblasen, die lauter waren als der Ruf eines Elchs, aber wenn ein Nichteuropäer ihnen ins Auge schaute, schäumten sie vor Wut. Mit der einen Hand legten sie Feuer an deine Hütte, mit der anderen nährten, pflegten und segneten sie dich. Am besten, man urteilte immer nur über den Einzelnen, wofür nicht zuletzt sprach, dass es immerhin eine gab, die zur Freundin hatte werden können. Deshalb schlief Lina auf dem Fußboden neben dem Bett der Mistress und hielt

Wacht für den Fall, dass Sorrow in die Nähe kam oder die Mistress irgendetwas brauchte.

Einst, es war lange her, hätte Lina, wäre sie älter oder in der Kunst des Heilens unterrichtet gewesen, die Qualen ihrer Familie und all jener lindern können, die rund um sie dahinstarben: auf Matten aus Teichrohr, am Ufer des Sees nach Wasser lechzend, zusammengekrümmt auf den Wegen im Dorf und den angrenzenden Wäldern, die meisten jedoch unter Decken, an denen sie zerrten, ohne sie abschütteln oder ertragen zu können. Die Säuglinge verstummten als Erste, und schon als ihre Mütter Erde über die Knochen warfen, schwammen sie selbst im Schweiß und waren schlaff wie welke Maisblätter. Erst verscheuchten sie die Krähen, Lina und zwei junge Burschen, aber sie konnten es weder mit den Vögeln noch mit dem Gestank aufnehmen, und als die Wölfe kamen, kletterten sie alle drei so hoch in die Krone einer Buche, wie sie konnten. Sie verbrachten die ganze Nacht dort oben und hörten das Nagen, Jaulen und Knurren, die Kämpfe und, was am schlimmsten war, das Verstummen von Tieren, die ihren Hunger gestillt hatten. Als der Morgen dämmerte, wagte es keiner von ihnen, die Körperteile zu benennen, die von einer Leiche losgerissen oder den Insekten überlassen worden waren. Gegen Mittag, als sie gerade beschlossen hatten, sich zu einem der Kanus durchzuschlagen, die im See vertäut lagen, tauchten Männer in blauen Uniformen auf, die Gesichter mit Tüchern verhüllt. Die Nachricht von dem Sterben, das über ihr Dorf gekommen war, hatte die Außenwelt erreicht. Linas Freude über ihre Rettung verflüchtigte sich jäh, als die Soldaten nach einem Blick auf die Krähen und Geier, die an den herumliegenden Leichen fraßen, die Wölfe erschossen und dann einen Ring aus Feuer um das ganze Dorf legten. Als die Aasfresser davonflogen, wusste sie nicht, ob sie sich weiter verstecken oder das Risiko in Kauf nehmen sollte, auch erschossen zu werden. Aber die beiden Knaben schrien aus der Baumkrone heraus, bis die Männer sie hörten, und als sie alle drei hinuntersprangen, fingen die Männer sie auf und sagten: «*Calme, mes petits. Calme.*» Sollten sie befürchtet haben, die kleinen Überlebenden könnten sie anstecken, so widerstanden sie dieser Furcht, denn als guten Soldaten kam es ihnen nicht in den Sinn, kleine Kinder abzuschlachten.

Lina erfuhr nie, wo die beiden Jungs hingebracht wurden, sie aber wurde einer gütigen presbyterianischen Familie anvertraut. Die freuten sich, sie bei sich aufzunehmen, so sagten sie, denn sie bewunderten indigene Frauen, so sagten sie, weil diese so schwer arbeiteten wie sie selbst, während die indigenen Männer nur Verachtung verdienten, weil sie ihre Zeit mit Jagd und Fischfang totschlugen wie die Sprosse irgendwelcher Adelshäuser. Verarmter Adelshäuser allerdings, denn sie besaßen nichts, am wenigsten den Boden, auf dem sie schliefen, und zogen ein Schmarotzerdasein als Almosenempfänger vor. Nachdem die Kirchenältesten vom Hörensagen oder aus eigener Zeugenschaft wussten, wie furchtbar Gott in seinem Zorn die Müßigen und Abwendigen zu strafen wusste – hatte er doch die hochmütige und gotteslästerliche Stadt ihrer Geburt mit schwarzem Tod und Feuersbrunst verheert –, konnten sie nur darum beten, dass es Linas Leuten vor ihrem Tod noch vergönnt gewesen war, in ihrer Heimsuchung einen ersten Vorschein göttlicher Missbilligung zu erkennen: eine Ausgießung einer jener sieben Schalen, deren letzte Seine Wiederkunft ankündigen würde und das Herabfahren des Neuen Jerusalems. Sie gaben ihr den Namen Messalina, rein vorsorglich, verkürzten ihn jedoch zu Lina, um zumindest einen Silberstreif von Hoffnung zu bewahren. Voller Angst, abermals ihr Obdach zu verlieren und ohne Familie ganz allein in der Welt zu stehen, schickte Lina sich in ihre Rolle als Heidin und überließ sich den Entsündigungsversuchen dieser Rechtschaffenen. Sie lernte, dass nackt in einem Fluss zu baden des Teufels war; dass es Diebstahl sein konnte, ein paar Kirschen von einem schwer mit Kirschen beladenen Ast zu pflücken; dass es eine Verirrung war, Maisbrei mit den Fingern zu essen. Nichts, so wurde ihr bedeutet, hasste Gott mehr als den Müßiggang, weshalb sie der Verdammnis Tür und Tor öffnete, wenn sie abwesend in die Luft starrte, weil sie um ihre Mutter oder eine Spielkameradin trauerte. Sich in die Haut von Tieren zu hüllen missfiel dem Herrn ebenfalls, und so wurde ihr ledernes Kleid verbrannt und durch eine solide härene Kutte ersetzt. Sie schnitten ihr die Perlenschnüre von den Handgelenken und kürzten ihr Haar um etliche Zoll. Zwar durfte sie zu keinem einzigen der sonntäglichen Gottesdienste mitgehen, doch dafür wurde sie in die täglichen Gebete vor dem Frühstück, vormittags und abends eingeschlossen. Aber all die Hingabe, das Bitten und Flehen und Lobpreisen auf bloßen Knien zeitigte keine bleibende Wirkung, denn immer wieder brach die Messalina in ihr durch, und die Presbyterianer ließen sie schließlich fallen, ohne ein Lebewohl auch nur zu murmeln.

Einiges an Zeit war vergangen, als sie, während sie mit dem Reisigbesen den gestampften Boden im Haus des Sirs fegte und dabei die Henne aussparte, die in der Zimmerecke brütete, in Einsamkeit, Verbitterung und Schmerz beschloss, sich selbst zu stärken, indem sie die Bruchstücke dessen zusammenfügte, was ihre Mutter sie vor ihrem elenden Tod gelehrt hatte. Auf Erinnerung und eigene Erfahrungen zurückgreifend, flickte sie vergessene Rituale zusammen, verschmolz europäische und indigene Heilkunst, schriftliche und mündliche Überlieferung, holte aus ihrem Gedächtnis oder ihrer Phantasie die verborgene Bedeutung der Dinge ans Licht. Schuf sich, in anderen Worten, eine Möglichkeit, in der Welt heimisch zu sein. In der Siedlung gab es für sie keinen Platz und keinen Trost. Der Sir war mal da und mal fort. Sie wäre von der Einsamkeit zermalmt worden, hätte sie sich nicht auf Einsiedlerwissen zurückgezogen, sich in ein Naturwesen zurückverwandelt. Sie krächzte mit den Vögeln, plauderte mit Pflanzen, sprach zu Eichhörnchen, sang der Kuh vor und öffnete ihren Mund dem Regen. Ihre Scham, den Untergang ihrer Familien überlebt zu haben, schrumpfte angesichts ihres Schwurs, niemals jemanden, den sie liebte, zu verraten oder zu verlassen. Die Erinnerungen an ihr von Toten bevölkertes Dorf verwandelten sich allmählich in Asche, und an ihre Stelle trat ein einziges Bild: Feuer. Wie rasch, wie absichtsvoll fraß es auf, was erbaut worden, was Leben gewesen war. Reinigend, in gewisser Weise, und skandalös in seiner Schönheit.

Selbst vor einer simplen Feuerstelle oder wenn sie eine Flamme dazu ermutigte, Wasser zum Kochen zu bringen, verspürte sie den süßen Kitzel der Erregung.

In Erwartung einer Ehefrau war der Sir ein wahrer Wirbelsturm der Emsigkeit, der überall darum kämpfte, die Natur unter sein Joch zu zwingen. Mehr als einmal traf ihn Lina, wenn sie das Abendbrot zu dem Feld oder Waldstück brachte, an dem er sich gerade mühte, mit in den Nacken geworfenem Kopf gen Himmel starrend an, in einer Pose staunender Verzweiflung über die Weigerung des Landes, sich seinem Willen zu unterwerfen. Gemeinsam kümmerten sie sich um das Geflügel und die ersten Zuchttiere, pflanzten Mais und Gemüse an. Aber sie war es, die ihm beibringen musste, wie der Fisch gedörrt wurde, den sie fingen; woran sich erkennen ließ, dass die Laichzeit bevorstand; oder wie die Ernte vor nächtlichen Fressfeinden geschützt werden konnte. Keiner von ihnen wusste jedoch, was man gegen einen zweiwöchigen Dauerregen machen sollte oder gegen eine achtwöchige Trockenheit. Sie waren machtlos, als Schwärme schwarzer Fliegen sich wie eine Decke über die Rinder und das Pferd legten und sie selbst im Haus Zuflucht suchen mussten. Auch Lina wusste nicht alles, aber sie wusste genug, um zu merken, was für ein lausiger Farmer er war. Sie vermochte wenigstens das Unkraut von den Setzlingen zu unterscheiden. Ohne Geduld, dem A und O des Landbaus, und unwillig, bei den Menschen aus der nahegelegenen Siedlung um Rat zu fragen, stand er zeit seines Lebens hilflos vor heftigen, höhnischen Wetterstürzen oder dem Naturgesetz, dass ein Raubtier sich nicht darum schert, wem seine Beute gehört. Er missachtete ihren Rat, die Weißfische lieber nicht als Dünger zu verwenden, und musste mit ansehen, wie seine keimenden Gemüsebeete von ungebetenen Gästen durchwühlt wurden, die der Geruch angelockt hatte. Er weigerte sich auch, Kürbisse ins Maisfeld zu pflanzen, obwohl er ihr zugab, dass die Ranken das Unkraut niederhalten würden. Aber er hätte den unordentlichen Anblick nicht ertragen. Was ihm hingegen gut von der Hand ging, war der Umgang mit Tieren und handwerkliche Arbeit.

Es war ein karges Leben. Wenn das Wetter nicht zu heikel war, schlug sie ihr Lager bei den Hühnern auf, bis er, unmittelbar vor der Ankunft seiner Gattin in spe, an einem einzigen Tag einen Kuhstall errichtete. Während all dieser Zeit hatte Lina außer «Ja, Sir» wohl kaum mehr als fünfzig Worte gesprochen. Einsamkeit, Trauer und Wut hätten sie gebrochen, wäre es ihr nicht gelungen, jene sechs Jahre auszulöschen, die dem Weltuntergang vorausgegangen waren: die Gemeinschaft mit anderen Kindern; fleißige Mütter, behängt mit schönem Schmuck; die majestätischen Gesetze des Lebens – wann man weiterzog, rodete, erntete, jagte –; die Zeremonien rund um Tod und Geburt und Anbetung. Sie sortierte und ordnete ein, an was sie sich zu erinnern wagte, und den Rest löschte sie aus – eine Anstrengung, die ihr Inneres ebenso veränderte wie das Äußere. Als die Mistress eintraf, war ihre Selbsterfindung fast vollendet, und bald war sie unwiderstehlich.

Lina legte magische Kiesel unter das Kopfkissen der Mistress, sorgte mit Minze für frische Luft im Zimmer und zwang Engelwurz in den schwärigen Mund ihrer Patientin, um die bösen Geister aus ihrem Leib zu vertreiben. Sie mischte die kraftvollste Arznei zusammen, die sie kannte: Mannstreu und Beifuß, Johanniskraut, Venushaar und Immergrün, kochte den Sud auf, seihte ihn ab und flößte ihn der Mistress mit einem Löffel durch die Zähne hindurch ein. Sie erwog, einige der Gebete aufzusagen, die sie bei den Presbyterianern gelernt hatte, aber weil keines davon den Sir gerettet hatte, kam sie davon ab. Er starb schnell. Erst schrie er die Mistress an. Dann flüsterte er und flehte, in sein drittes Haus gebracht zu werden. Das große, das jetzt nutzlos war, da es keine Kinder oder Kindeskinder gab, die darin leben konnten. Keinen, den seine Größe sprachlos machte oder der das unheimliche Tor bewundern konnte, an dem der Schmied zwei Monate lang gearbeitet hatte. Zwei kupferne Schlangen trafen sich an seiner Spitze. Als sie es öffneten, um den letzten Wunsch des Sirs zu erfüllen, kam es Lina vor, als trete sie in das Reich der Verdammten. Doch wenn die Arbeit des Schmieds auch eine leichtfertige Vergeudung von Lebenszeit sein mochte, so war seine Anwesenheit das ganz und gar nicht. Er machte ein Mädchen zur Frau und rettete einer anderen das Leben. Nämlich Sorrow. Der fuchsäugigen Sorrow mit den schwarzen Zähnen und dem nie gekämmten, wolligen Haar von der Farbe der untergehende Sonne. Vom Sir angenommen, nicht gekauft, kam sie nach Lina, aber vor Florens ins Haus und hatte noch immer keine andere Erinnerung an ihr früheres Leben als die, dass sie von Walen an den Strand getragen worden war.

«Nicht von Walen», hatte die Mistress gesagt. «Keinesfalls. Sie strampelte im Wasser des North River, im Mohawk-Gebiet, und war schon halb ertrunken, als zwei junge Holzfäller sie an Land zogen. Sie warfen eine Decke über sie und holten ihren Vater zu der Stelle am Flussufer, wo sie lag. Es heißt, sie hätte ganz allein auf einem gestrandeten Schiff gelebt. Erst hielt man sie für einen Jungen.»

Nicht damals und nicht später hatte sie erzählt, wie sie dorthin gekommen oder wo sie vorher gewesen war. Die Frau des Holzfällers gab ihr den Namen Sorrow, nicht unpassend, dachte Lina, und nach einem Winter des Durchfütterns, in dem das unbedarfte Mädchen immer wieder weglief und nicht zurückfand, nichts konnte und noch weniger arbeitete und mit seiner seltsamen Melancholie auf die beiden Söhne des Hauses starken Eindruck machte, forderte die Frau des Holzfällers ihren Mann auf, sich des unerbetenen Gastes zu entledigen. Er gehorchte und überließ Sorrow der Obhut eines Kunden, von dem er sicher war, dass er ihr nicht übelwollte. Dem Sir. Als Sorrow im Schlepptau von dessen Pferd eintraf, konnte die Mistress ihr Befremden kaum verbergen, musste aber zugeben, dass eine helfende Hand gut zu gebrauchen war. Wenn der Sir von seinen Reisen nicht lassen mochte, reichten zwei Frauen und eine vierjährige Tochter für die Landarbeit nicht aus. Lina war eine hochaufgeschossene Vierzehnjährige gewesen, als der Sir sie von den Presbyterianern kaufte. Er hatte die Aushänge studiert, die bei dem Drucker in der Stadt angeschlagen waren. «Anstellige Frau, die Blattern und Masern schon gehabt hat …

Arbeitsamer *negro*, ungefähr 9 Jahre alt ... Mädchen oder Frau, für jede Küchenarbeit geeignet, verständig, des Englischen mächtig, Hautfarbe zwischen Gelb und Schwarz ... Fünf Jahre Restzeit einer weißen Frau mit Erfahrung in Farmarbeit, hat Kind über 2 ... Mulatte mit Blatternarben, aber ehrlich und gehorsam ... Junger weißer Mann frei für Dienste jeder Art ... Lehndiener mit Erfahrung als Kutscher gesucht, weiß oder schwarz ... Gehorsame und vernünftige Frau ... Gehorsame Weibsperson, weiß, 29 Jahre, mit Kind ... Gesunde deutsche Frau wird in Pacht gegeben ... gesund und kräftig ... stark und gesund, gesund stark anstellig gehorsam gehorsam gehorsam ...» Und dann stieß er auf: «Robustes Frauenzimmer, getauft, in allen Haushaltsdingen beschlagen, zu haben im Tausch gegen Waren oder bare Münze.»

Als Junggeselle in Erwartung einer Gattin war eine solche Frau genau das, was er für seine Farm brauchte. Zu diesem Zeitpunkt war die Schwellung an Linas Auge schon zurückgegangen, und die Striemen an Gesicht, Armen und Beinen waren verheilt und kaum noch zu erkennen. Die Presbyterianer, die sich vielleicht ihrer vorausschauenden Namensgebung für das Mädchen entsannen, fragten nie nach, was ihr widerfahren war, und es von sich aus zu erzählen kam ihr sinnlos vor. Das Gesetz bot ihr keinen Schutz, sie hatte nicht einmal einen Familiennamen, und niemand hätte ihrer Aussage gegen einen Europäer geglaubt. Die Presbyterianer gingen jedenfalls zum Drucker und berieten mit ihm, wie der Aushang formuliert sein sollte: «Robustes Frauenzimmer ...»

Als die Ehefrau aus Europa von dem Pferdekarren

herunterstieg, herrschte sofort Feindseligkeit zwischen ihnen. Die neue Mistress war verärgert, dass der Haushalt bereits in den Händen einer kerngesunden und schönen jungen Frau lag, und Lina regte sich auf, weil dieses unbeholfene junge Ding aus Europa sich die Herrschaft im Haus anmaßte. Doch die gegenseitige Abneigung, die in der Wildnis keiner von ihnen nutzen konnte, kam über das frühe Keimen nicht hinaus. Schon ehe Lina bei der ersten Entbindung der Mistress Hebammendienste leistete, war das Eis zwischen ihnen dahingeschmolzen. Für argwöhnisches Kräftemessen war in einer Umgebung, die so viel von ihnen forderte, kein Platz. Überdies waren sie einander die einzige Gesellschaft und entdeckten nach und nach, dass es viel Interessanteres gab als Rangfragen. Rebekka konnte herzhaft über ihre eigenen Fehler lachen und genierte sich nicht, um Rat zu bitten. Lina musste sich selbst gegen die Stirn schlagen, als sie die Erdbeeren vergessen hatte, die im Stroh faulten. Sie wurden Freundinnen, und nicht nur, weil eine der anderen den Wespenstachel aus dem Arm ziehen musste. Nicht nur, weil es zwei brauchte, um die Kuh vom Zaun wegzudrängen. Nicht nur, weil die eine den Kopf festhalten musste, während die andere die Läufe zusammenband. Sondern hauptsächlich, weil sie beide nicht genau wussten, was zu tun war und wie. Gemeinsam, durch Versuch und Irrtum, lernten sie: wie man die Füchse fernhielt; wie und wann man den Mist aufs Feld brachte; wo die Grenze zwischen giftig und essbar verlief und wie süß das Timotheusgras schmeckte; woran man Finnenbefall bei Schweinen erkannte; was den Stuhl eines Säuglings flüssig machte und was schmerzhaft hart. Für ihre Mistress war die Farmarbeit mehr Abenteuer als Schinderei. Aber sie hatte ja auch den Sir, dachte Lina, an dem sie mehr und mehr Gefallen fand, und bald noch die Tochter Patrician, die ihren Schmerz über das kurze Leben der Söhne dämpften, denen Lina Jahr um Jahr auf die Welt half, nur um sie bald wieder zu begraben. Als der Sir schließlich mit Sorrow ankam, waren die beiden Frauen des Hauses in einer Front der Ablehnung vereint. Für die Mistress war die Neue nutzlos. Für Lina war sie ein fleischgewordenes schlechtes Omen: rote Haare, schwarze Zähne, der Hals übersät von immer neuen Furunkeln und in den silbergrauen Augen, verborgen unter langen Wimpern, ein Blick, bei dem sich Linas Nackenhaare sträubten.

Sie sah zu, als die Mistress Sorrow das Nähen beibrachte – die einzige Hausarbeit, zu der sie Lust und Talent hatte –, und sie sagte nichts, als der Sir – angeblich, um sie am Herumstreifen zu hindern – sie zu jeder Jahreszeit vor der Feuerstelle nächtigen ließ. Die Annehmlichkeit machte Lina misstrauisch, aber nicht neidisch, auch nicht bei schlechtem Wetter. Ihr Volk hatte seit tausend Jahren schützende Städte errichtet, und wären nicht die Todesstiefel der Europäer über das Land gekommen, so hätten sie gewiss noch tausend Jahre weitergebaut. Aber wie sich zeigte, hatte der Sachem sich ganz und gar geirrt. Die Europäer ergriffen nicht die Flucht, und sie starben auch nicht weg. Wie die alten Frauen, die sich um die Kinder kümmerten, zu erzählen wussten, hatte er ja auch um Vergebung gefleht für seine falsche Prophezeiung und zugegeben, dass noch so viele aus Ahnungslosigkeit oder durch Krankheiten zugrunde gehen mochten, aber trotzdem kämen immer neue nach. Sie würden mit Sprachen kommen, die so klangen wie Hundegebell; mit einer kindischen Gier nach Tierfellen. Sie würden das Land einzäunen für alle Ewigkeit, ganze Bäume in ferne Länder verschiffen, sich jede Frau nehmen für schnelle Lust, den Boden verderben, heilige Stätten besudeln und einen öden, einfallslosen Gott anbeten. Sie ließen ihre Schweine am Strand des Ozeans wühlen, bis alles Sand und Düne war und nichts Grünes mehr Wurzeln schlagen konnte. Abgeschnitten von der Seele der Erde wollten sie umso dringender deren Krume besitzen, und wie alle Waisenkinder waren sie unersättlich. Ihre Bestimmung sollte es sein, die ganze Welt zu verschlingen und dafür eine Verheerung auszuspeien, der alle ursprünglichen Völker zum Opfer fallen mussten. Aber Lina war sich all dessen nicht so sicher. Aus der Art, wie der Sir und die Mistress ihre Farm zu bewirtschaften versuchten, zog sie den Schluss, dass es Ausnahmen von der revidierten Prophezeiung des Sachems geben musste. Der Sir und die Mistress schienen um den Unterschied zwischen Erde und Eigentum zu wissen. Sie ließen ihre Rinderherde, anders als die anderen Farmer, nur auf eingezäunten Weiden grasen und machten keinen Gebrauch von der Erlaubnis, wildernde Schweine zu erschießen. Ihre Hoffnung war, hauptsächlich vom Ackerbau zu leben, statt das Land von den Herden kahl fressen zu lassen, und dafür nahmen sie bescheidenen Gewinn in Kauf. Während Lina also der Einsicht des Sirs und der Mistress durchaus vertraute, brachte sie für deren Menschenkenntnis kein Vertrauen auf. Hätten sie auch hier den klaren Blick gehabt, wären sie nie darauf verfallen, Sorrow so dicht an sich heranzulassen.

Anstrengend war ihre Gesellschaft, und ständig musste man auf sie achten, so auch an diesem Morgen, als ihr, notgedrungen, das Melken übertragen worden war. Weil ihre Schwangerschaft sie auf dem Melkschemel behinderte, fasste sie das Euter ungeschickt an, und die Kuh, so berichtete Sorrow, hatte nach ihr getreten. Lina verließ das Krankenzimmer, um das Tier zu beruhigen – erst mit Worten, mit ein wenig Gesumm, dann die empfindlichen Zitzen mit gefetteten Handflächen langsam umschmeichelnd. Die Milchspritzer kamen dünn und ungleichmäßig, nur dazu gut, der Kuh Erleichterung zu verschaffen, und sobald ihr Wohlbefinden wiederhergestellt war, eilte Lina ins Haus zurück. Es konnte nichts Gutes herauskommen, wenn man die Mistress mit Sorrow allein ließ, und jetzt, wo ihr Bauch schwer war vom Kind, war noch weniger Verlass auf sie. Selbst in den besten Zeiten zog das Mädchen Unglück nach sich wie einen Schwanz. In Linas Dorf gab es einen Mann, der genauso war. Seinen Namen hatte sie zusammen mit dem Rest ihrer Sprache vergessen, aber er bedeutete so viel wie «der, hinter dem die Bäume umstürzen», was seine Wirkung auf die Umgebung ausdrücken sollte. In Sorrows Gegenwart wurde Eischnee nicht steif, und der Kuchenteig nahm keine Butter an. Lina war überzeugt, dass der frühe Tod der Söhne ihrer Mistress dem lebendigen Fluch in die Schuhe geschoben werden konnte, der Sorrow hieß. Als der zweite Säugling gestorben war, fühlte sie sich verpflichtet, die Mistress von der Gefahr zu unterrichten. Sie bereiteten eine Fleischpastete vor, die rechtzeitig zur Heimkehr des Sirs fertig sein sollte. Die Kalbsfüße, die seit dem Morgen geköchelt hatten, waren abgekühlt. Ihre ausgelösten Knochen lagen auf dem Tisch und warteten darauf, zusammen mit Fett und Knorpel gekocht zu werden.

«Es gibt Menschen, die absichtlich Böses tun», begann Lina. «Andere können nichts für das Böse, das sie anrichten.»

Die Mistress blickte auf. «Worauf willst du hinaus?»

«Dein Sohn, John Jacob. Er ist gestorben, nachdem Sorrow kam.»

«Lass ab, Lina. Reiß keine alten Wunden auf. Mein Kind ist am Fieber gestorben.»

«Aber Patrician hat auch gekränkelt und ist nicht –»

«Lass ab, hab ich gesagt. Es ist genug, dass er in meinen Armen gestorben ist, ich brauche keinen heidnischen Aberglauben dazu.» Sie holte aus und beschrieb mit strenger Stimme, wie anfällig alle kleinen Kinder während des Zahnens seien, und währenddessen hackte sie das Fleisch und verrührte es mit Rosinen, Apfelstücken, Ingwer, Zucker und Salz. Lina schob einen großen Tonkrug heran, und gemeinsam löffelten sie die Mischung hinein. Dann füllte Lina den Krug bis an den Rand mit Branntwein und verschloss ihn luftdicht. Vier Wochen oder länger im Freien, und die Fleischmischung war fertig, um an Weihnachten eine Pastete damit zu backen. Die Mistress warf unterdessen ein Kalbshirn und ein Kalbsherz in einen Topf mit kochendem Salzwasser. In Butter angebraten und mit Scheiben von hartem Ei garniert, ergab das ein köstliches Abendessen.

Und jetzt war Sorrow etwas Schlimmeres als unzuverlässig, etwas Schlimmeres als eine mit Gräsern und Weinstöcken redende Herumtreiberin: Sie war schwanger, und bald würde es eine weitere jungfräuliche Geburt geben, und dieses Kind würde möglicher- und unglücklicherweise nicht sterben. Aber wenn die Mistress starb – was dann? An wen konnten sie sich wenden? Wenn die Baptisten dem Sir einst beim Bau des zweiten Hauses und der Außengebäude auch großzügig geholfen und gerne beim Fällen der Weißkiefern für die Zaunpfähle mitgemacht hatten, so war das Verhältnis zwischen ihnen und seiner Familie inzwischen abgekühlt. Teils, weil sie den Kindern der Mistress keinen Platz im Himmel gönnten und die Mistress sie dafür hasste, teils aber auch, so glaubte Lina, weil ihnen die überall herumschleichende Sorrow unheimlich war. Vor Jahren war es vorgekommen, dass die Baptisten zwei Lachse vorbeibrachten oder der Mistress eine nicht mehr benötigte Wiege für das Baby anboten. Und auf den Pastor war Verlass, wenn es um Erdbeeren oder Blaubeeren oder Nüsse aller Sorten ging, die er körbeweise brachte und einmal sogar eine ganze Keule von einem Stück Wildbret. Jetzt ließ sich natürlich niemand, weder Baptist noch sonst wer, in dem von Pocken heimgesuchten Haus blicken. Auch Willard und Scully kamen nicht mehr, was sie enttäuschte, obwohl sie damit hätte rechnen müssen. Schließlich waren die beiden auch Europäer. Willard kam in die Jahre und arbeitete noch immer seine Überfahrt ab. Aus den ursprünglich sieben Jahren würden über zwanzig werden, erzählte er, und das meiste von dem Unglück, das seine Knechtschaft so verlängert hatte, war seinem

Gedächtnis längst entfallen. Bei dem, woran er sich, mit einem Lächeln, noch erinnerte, spielte der Rum eine Rolle. Alles andere hatte mit Fluchtversuchen zu tun. Scully, der jung und zartknochig war, mit einem hellen Narbenmuster auf dem Rücken, schmiedete Pläne. Er diente den Kontrakt seiner Mutter ab. Zugegeben, er hatte keine Ahnung, wie lange das noch dauern würde, aber trotzdem prahlte er, dass seine Versklavung, anders als bei Willard oder Lina, noch vor seinem Tod enden würde. Er war der Sohn einer Frau, die wegen «Lüsternheit und Unbotmäßigkeit» zur Auswanderung in die Kolonien gezwungen worden war, wo sie sich, seinen Worten zufolge, in nichts gebessert hatte. Als sie starb, musste er in ihren Knechtschaftskontrakt eintreten. Dann beglich ein Mann, der behauptete, Scullys Vater zu sein, die offene Restschuld und hielt sich für seine Aufwendungen schadlos, indem er den Jungen an dessen derzeitigen Herrn verlieh – für eine Zeitspanne, in deren Dauer Scully nicht eingeweiht war, die aber bald enden sollte. Es gebe da etwas Schriftliches, hatte er Lina erklärt, und da stehe alles drin. Lina ging davon aus, dass er das Papier nie gesehen hatte, und hätte er es gesehen, so wären ihm die Lettern rätselhaft geblieben. Aber er war sich ganz sicher, dass die Freilassungsprämie großzügig genug ausfallen würde, um ihm den Kauf eines Pferdes oder die Gründung eines eigenen Geschäfts zu ermöglichen. Was für ein Geschäft denn?, fragte sich Lina. Wenn dieser große Tag der Freilassungsprämien nicht bald kommt, dann wird auch er bald weglaufen, und vielleicht hat er das Glück, das Willard versagt blieb. Gerissener als der Ältere war er und auf jeden Fall nüchterner, und das waren gute Voraussetzungen. Aber trotzdem konnte sie es nicht glauben, hielt seinen Traum von einem Geschäft, in dem er seine Arbeitskraft selbst zu Geld machte, für genau das – einen Traum. Sie wusste, dass er nichts dagegen hatte, bei Willard zu liegen, auch wenn es nicht ums Schlafen ging. Es war kein Wunder, dass der Sir, obwohl ohne helfende Verwandtschaft oder Söhne, keine Männer auf seiner Farm beschäftigte. Das hatte seine Vorteile, außer wenn es einen Nachteil hatte. So wie jetzt, mit zwei jammernden Frauen, die eine ans Bett gefesselt, die andere hochschwanger, einem liebeskranken Mädchen auf Wanderschaft und ihr selbst im Zweifel über alles, sogar den Mondaufgang.

Stirb nicht, Mistress. Stirb nicht. Sie selbst, dazu Sorrow, ein Neugeborenes und vielleicht Florens – drei Frauen ohne Herrschaft, die niemandem gehörten und ganz allein hier draußen lebten, mussten zum Freiwild werden. Keine von ihnen konnte erben, keine gehörte einer Kirche an oder war in Kirchenbüchern verzeichnet. Als Frauen und als Rechtlose würde man sie, wenn sie nach dem Tod der Mistress auf der Farm blieben, für Eindringlinge halten, für Besetzerinnen, die machtlos waren, wenn sie gekauft oder gemietet, angegriffen oder geschändet oder vertrieben werden sollten. Das Anwesen konnte von den Baptisten beansprucht oder ihnen zugeschlagen werden. Lina hatte es genossen, einen Platz in dieser kleinen, engen Familie zu haben, aber jetzt erkannte sie deren Verblendung. Der Sir und die Mistress hatten geglaubt, sie könnten ein rechtschaffenes Leben als freie Geister führen, aber ohne Erben war all ihre Arbeit nicht mehr wert als ein Schwalbennest. Ihre Zurückgezogenheit endete in selbstsüchtiger Abkapselung, von dem Rückhalt und dem Trost, den eine Sippe bieten konnte, hatten sie sich abgeschnitten. Baptisten oder Presbyterianer, Tribe, Militär oder Familie, man brauchte irgendetwas Größeres, in dem man aufgehoben war. Dieser Hochmut, dachte sie. Es war hochmütig von ihnen zu glauben, sie könnten sich selbst genug sein, könnten leben wie Adam und Eva, wie Götter aus einem Nirgendwo, ohne jede Verpflichtung, es sei denn gegenüber ihren eigenen Geschöpfen. Sie hätte die beiden warnen sollen, aber in ihrer Ergebenheit wäre ihr das anmaßend erschienen. Solange der Sir noch am Leben war, fiel es nicht schwer, einen Schleier über die Wahrheit zu breiten: dass sie keine Familie waren – noch nicht einmal eine Gemeinschaft von Gleichgesinnten. Sie waren Waisenkinder – jeder und jede für sich und alle zusammen.

Lina starrte durch die schlierige Scheibe des winzigen Fensters, das einen spielerischen gelben Sonnenfleck bis vor das Bett der Mistress warf. Draußen erhob sich jenseits des Wegs der Wald. Wie so oft, sprach sie zu den Buchen.

«Ihr und ich, wir sind zu Hause in diesem Land», flüsterte sie. «Aber im Gegensatz zu euch bin ich trotzdem eine Vertriebene.»

Linas Mistress murmelt jetzt etwas, will Lina oder sich selbst etwas erzählen, irgendetwas sehr Wichtiges, nach dem Zucken ihrer Augen zu schließen. Was kann so lebenswichtig sein, fragte sich Lina, dass sie ihre untauglich gewordene Zunge in dem Mund voller Geschwüre bemüht? Ihre bandagierten Hände heben sich und deuten. Lina wendet sich um, folgt dem Blick zu der Stelle, auf die er sich richtet. Eine Truhe, in der die Mistress ihre Schätze aufbewahrte, nie benutzte, aber geliebte Geschenke des Sirs. Ein Spitzenkragen, ein Hut, in dem sich keine anständige Frau sehen ließ, die Pfauenfeder schon zerdrückt. Zuoberst ruhte auf ein paar Lagen Seide ein kleiner Spiegel in einem reichverzierten Rahmen, dessen Silber rußgrau angelaufen war.

«Gib her», sagte die Mistress.

Lina griff nach dem Spiegel und dachte: Nein, schau nicht rein, bitte. Schau dir nie dein eigenes Gesicht an, selbst wenn's gesund ist, denn das Spiegelbild saugt deine Seele auf.

«Mach – schnell», stöhnte die Mistress, flehentlich wie ein Kind.

Unfähig, sich zu widersetzen, brachte sie ihr den Spiegel, legte ihn zwischen die eingewickelten Hände und war jetzt sicher, dass die Mistress sterben würde. Und diese Gewissheit war auch für sie selbst wie ein Tod, denn alles, ihr ganzes Leben, hing vom Überleben der Mistress ab, welches wiederum davon abhing, dass Florens ihren Auftrag erfüllen konnte.

Lina hatte sich auf der Stelle in sie verliebt, kaum dass sie sie, im Schnee bibbernd, zum ersten Mal zu Gesicht bekam. Ein verängstigtes Kind mit einem schlanken Hals, das wochenlang kein Wort herausbrachte, aber als sie dann redete, war der helle Singsang ihrer Stimme eine Freude fürs Ohr. Irgendwie linderte die Kleine Linas winzige, aber immerwährende Sehnsucht nach einem Zuhause, wie sie es gekannt hatte, einem Ort, wo jedem alles gehörte und niemandem etwas. Vielleicht war es ihre Kinderlosigkeit, die der Zuneigung zur Unbedingtheit verhalf. Jedenfalls wollte sie sie schützen, die Verderbtheit, die für jemanden wie Sorrow so natürlich war, von ihr fernhalten, und in jüngster Zeit hatte sie sich auch darauf versteift, die Mauer zwischen Florens und dem Schmied zu sein. Seit dessen Ankunft war ein Gelüst in dem Mädchen, wie Lina es einst an sich selbst erlebt hatte. Eine blökende Sehnsucht jenseits aller Vernunft und ohne Gewissen. Der junge Körper verkündete in der einzigen Sprache, die er kannte, wozu allein er auf der Welt war. Als der Schmied eintraf – zu strahlend, um einiges zu groß, ebenso überheblich wie befähigt –, war Lina die Einzige, die die Gefahr erkannte, aber es war niemand da, bei dem sie sich beklagen konnte. Die Mistress war trunken vor Glück, dass sie ihren Mann wieder im Hause hatte, und der Sir führte sich auf, als wäre der Schmied sein Bruder. Lina hatte die beiden gesehen, wie sie ihre Köpfe über Strichen zusammensteckten, die in den Sand gekratzt waren. Ein andermal beobachtete sie, wie der Sir, den linken Stiefel auf einem Steinklotz hochgestellt, sich einen grünen Apfel aufschnitt und im gleichen Rhythmus auf den Schmied einredete, der seinem Dienstherrn aufmerksam lauschte und dazu nickte. Dann spießte der Sir mit größter Selbstverständlichkeit einen Apfelschnitz auf die Messerspitze und bot ihn dem Schmied an, der ihn ebenso selbstverständlich nahm und sich in den Mund steckte. Da wusste Lina, dass sie die Einzige war, die das Verhängnis erkannte, das sich heranstahl. Die Einzige, die die Zerrüttung, die Zerstörung vorhersah, die ein freier Schwarzer Mann hervorrufen würde. Er hatte bereits Florens auf dem Gewissen, die nicht einsehen wollte, dass sie einem Mann nachlief, der es nicht der Mühe wert gefunden hatte, ihr Lebewohl zu sagen. Als Lina ihr ein Licht aufzustecken suchte und ihr sagte: «Du bist nur ein Blatt an seinem Baum», da schüttelte Florens den Kopf, schloss die Augen und erwiderte: «Nein. Ich bin sein Baum.» Ein Umschwung, von dem Lina nur hoffen konnte, dass er nicht endgültig war.

Einst war Florens ein stilles, schüchternes Ebenbild ihrer selbst zur Zeit ihrer Entwurzelung gewesen. Vor der Zerstörung. Vor der Sünde. Vor den Männern. Lina hatte über Patrician gewacht, hatte mit der Mistress um die Zuneigung des kleinen Mädchens gewetteifert, aber die Neue, die Patricians Tod auf dem Fuße folgte, konnte und sollte ihr Eigen sein. Und das Gegenteil der unbelehrbaren Sorrow werden. Florens konnte schon lesen, konnte schreiben. Man musste ihr nicht immer wieder von vorn erklären, wie eine Arbeit zu tun war. Sie erwies sich nicht nur als vertrauenswürdig in allen Dingen, sondern war auch rührend dankbar für jede kleine Zuwendung, ein Tätscheln des Kopfes, ein ermutigendes Lächeln. Sie verbrachten denkwürdige Nächte, wenn sie nebeneinanderlagen und Florens, starr vor Wonne, Linas Erzählungen lauschte – Erzählungen von bösen Männern, die ihren treuen Ehefrauen die Köpfe abschlugen, oder von Kardinalvögeln, die die Seelen braver Kinder an einen Ort trugen, an dem die Zeit selbst noch in der Wiege lag. Besonders gefragt waren Geschichten von Müttern, die gegen Wölfe oder Naturkatastrophen kämpften, um ihre

Kinder zu retten. Lina brach fast das Herz, wenn sie sich an eine Lieblingsgeschichte und den immer darauffolgenden Wortwechsel erinnerte.

Eines Tages, so ging die Geschichte, legte ein Adlerweibchen seine Eier in ein Nest, das unerreichbar war für die Schlangen und die Tatzen, die nach Eiern suchen. Das Adlerweibchen hat Augen, die schwarz sind wie die Mitternacht, und die Augen funkeln, als es die Eier bewacht. Ein Blatt braucht nur zu zittern, der Wind nur einen Hauch fremden Lebens heranzuwehen, und sein Blick wird finster, der Kopf zuckt, die Federn sträuben sich lautlos. Die Krallen des Adlerweibchens sind an den Felsen geschärft, sein Schnabel ist wie das Sichelschwert eines Kriegsgotts. Voller Wildheit beschirmt es seine keimenden Jungen. Aber gegen eines kann es sie nicht beschützen: die bösen Gedanken der Menschen. Es kommt der Tag, da ein Wanderer einen der nahegelegenen Berge erklimmt. Er steht auf dem Gipfel und erfreut sich all dessen, was er unter sich sieht: ein türkisfarbener See, die ewigen Tannenwälder, die Stare, die zwischen Wolken segeln, durch die ein Regenbogen schneidet. Der Wanderer lacht auf angesichts dieser Schönheit und spricht: «Es ist vollkommen. Es ist mein.» Und das Wort schwillt an und grollt wie Gewitterdonner durch die Täler, über viele Morgen voller Primeln und Malven. Tiere kommen aus ihren Höhlen und fragen sich, was es bedeutet. Mein. Mein. Mein. Die Schalen der Eier im Adlerhorst erzittern, und in einer zeigt sich gar ein Riss. Das Adlerweibchen wendet den Kopf hierhin und dorthin, um den Ursprung des seltsamen, sinnlosen Donners zu finden, dieses unverständlichen Geräuschs. Es entdeckt den Wanderer und schwingt sich hinunter, um das Lachen und den naturwidrigen Lärm mit seinen Klauen zu packen und davonzutragen. Doch der Wanderer hebt seinen Stab, als er angegriffen wird, und schlägt ihn mit aller Kraft in den Flügel des Adlerweibchens. Schreiend stürzt es und stürzt. Über den türkisfarbenen See, vorbei an den ewigen Tannenwäldern, hinab in die Wolken, durch die ein Regenbogen schneidet. Schreiend und immer schreiend wird es davongetragen von Winden statt von Schwingen.

Und dann fragte Florens immer: «Wo ist das Adlerweibchen jetzt?»

«Noch immer stürzt es», antwortete Lina, «es stürzt für alle Zeit.»

Florens atmet kaum. «Und die Eier?», fragt sie.

«Brüten sich von alleine aus», sagt Lina.

«Überleben die Jungen?», flüstert Florens, die Stimme dringlich.

«Wir haben überlebt», sagt Lina.

Da seufzte Florens, den Kopf an Linas Schulter, und wenn der Schlaf zu ihr kam, lächelte das kleine Mädchen immer weiter. Es war Mutterhunger – das Verlangen, Mutter zu sein oder eine zu haben –, den sie aus einer Sehnsucht sogen, die, das wusste Lina, immer lebendig blieb in ihnen, weil sie tief in den Knochen steckte. Als Florens heranwuchs, lernte sie schnell, war voller Wissbegier und wäre genau die Richtige gewesen, sich auf die Suche nach dem Schmied zu machen, hätte sie ihn nicht bis hin zur Verblendung vergötzt.

Als die Mistress darauf bestand, sich selbst aus der

Fassung zu bringen, indem sie sich dem Anblick ihres Spiegelbilds aussetzte, beschloss Lina, sich diese leichtfertige Beschwörung des Unheils nicht mit anzusehen, und verließ den Raum. Ein ganzes Bündel von Arbeiten wartete darauf, erledigt zu werden, und wie immer ließ Sorrow sich nirgends blicken. Schwanger oder nicht, hätte sie wenigstens die Stallungen ausmisten können. Lina betrat den Kuhstall und warf einen Blick auf den kaputten Schlitten, in dem sie und Florens schliefen, wenn es kalt war. Als sie die Spinnweben sah, die zwischen den Kufen und der Ladefläche ausgespannt waren, seufzte sie auf, dann stockte ihr der Atem. Unter dem Schlitten lagen die Schuhe aus Kaninchenfell, die sie vor zehn Jahren für Florens gemacht hatte – einsam und leer wie zwei geduldige Särge. Aufgewühlt ging sie zur Stalltür, wo sie verharrte. Wohin jetzt? Das Selbstmitleid, das die Mistress dazu trieb, schädliche Geister zu versuchen, war ihr unerträglich, und so beschloss sie, zum Fluss hinunterzugehen und nach Sorrow zu suchen, die sich oft dorthin zurückzog, um zu ihrem toten Baby zu sprechen.

Der Fluss glitzerte unter einer tiefstehenden Sonne, die sich so langsam verabschiedete wie eine Braut, die die Hochzeitsfeier nicht verlassen will. Sorrow war nirgends zu sehen, aber Lina stieg der angenehme Geruch eines Feuers in die Nase, und sie folgte ihm. Vorsichtig ging sie der Rauchfahne nach und hörte bald Stimmen, mehrere Stimmen, die sich sorgsam bemühten, nicht laut zu werden. Über eine Strecke von vielleicht dreihundert Fuß schlich sie dem Geräusch entgegen, bis sie mehrere Gestalten im Widerschein eines kleinen Feuers sah, das in einer tief ausgehobenen Kuhle brannte. Ein Jüngling und mehrere Erwachsene lagerten im Wintergrün unter zwei Weißdornbüschen. Ein Mann schlief, ein anderer schnitt Späne. Drei Frauen, zwei davon Europäerinnen, schienen gerade Essensreste – Nussschalen, Maishülsen – wegzuräumen und andere Gegenstände einzupacken. Unbewaffnet, wahrscheinlich friedfertig, dachte Lina, während sie sich näherte. Als sie sich blicken ließ, schreckten alle hoch, nur der Schlafende blieb liegen. Lina erkannte sie wieder – sie waren auf dem Wagen gewesen, den Florens bestiegen hatte. Ihr Herz wollte stehenbleiben. Was war geschehen?

«Guten Abend», sagte der Mann.

«Guten Abend», erwiderte Lina.

«Ist das Euer Land, Ma'am?», fragte er.

«Nein. Aber ihr seid willkommen.»

«Danke, wir bleiben nicht lange.» Er war erleichtert, genauso die anderen.

«Ich kann mich an euch erinnern», sagte Lina. «Ihr wart auf dem Fuhrwerk nach Hartkill.»

Ein langes Schweigen folgte, während sie nach einer Antwort suchten.

«Ein junges Mädchen war auch dabei», fuhr Lina fort. «Ich hab sie selbst auf den Wagen gesetzt.»

«Ja, das stimmt», sagte der Mann.

«Was ist mit ihr passiert?»

Die Frauen schüttelten die Köpfe und zuckten die Achseln. «Sie ist vom Wagen runter», sagte eine.

Lina presste die flache Hand auf die Brust. «Sie ist ausgestiegen? Warum?»

«Hat nichts gesagt. Ich glaube, sie ist in den Wald rein.»

«Ganz alleine?»

«Wir haben ihr angeboten, mit uns zu gehen. Sie wollte nicht. Schien es eilig zu haben.»

«Wo ist sie hin? Wo ausgestiegen?»

«Da, wo wir auch raus sind. Bei der Schänke.»

«Verstehe», sagte Lina. Sie verstand gar nichts, hielt es aber für besser, nicht zu drängen. «Kann ich euch irgendetwas bringen? Die Farm ist ganz in der Nähe.»

«Sehr aufmerksam, aber danke, nein. Wir ziehen in der Nacht weiter.»

Der schlafende Mann war jetzt aufgewacht und musterte Lina eingehend, während der andere den Fluss im Auge zu behalten schien. Als sie ihre kargen Vorräte wieder eingepackt hatten, sagte eine der Europäerinnen zu den anderen:

«Sehen wir lieber zu, dass wir hinkommen. Er wird nicht warten.»

Wortlos pflichteten die anderen bei und setzten sich zum Fluss hin in Bewegung.

«Gute Reise», sagte Lina.

«Lebt wohl. Gott segne Euch.»

Dann drehte sich der erste Mann noch einmal um. «Ihr habt uns nie gesehen, Ma'am, nicht wahr?»

«Nein, nie.»

«Ergebenen Dank», sagte er und lüftete kurz den Hut.

Lina ging zurück zum Haus, gab sich dabei alle Mühe, das neue Gebäude keines Blickes zu würdigen, und war einerseits erleichtert, dass Florens bisher nichts Übles zugestoßen war, andererseits aber besorgter denn je, dass das noch kommen würde. Die Flüchtigen hatten ein Ziel, Florens hatte ein anderes. Statt das Haus zu betreten, machte Lina einen Abstecher zur Straße, blickte in beide Richtungen und hob dann den Kopf, um zu erschnuppern, wie sich das Wetter entwickeln würde. Der Frühling war launisch, wie üblich. Vor fünf Tagen war der bevorstehende Regen, den sie gerochen hatte, kräftiger ausgefallen und hatte länger angehalten als seit geraumer Zeit – ein Wolkenbruch, von dem sie glaubte, dass er das Sterben des Sirs beschleunigt hatte. Es folgte ein Tag mit strahlendem, heißem Sonnenschein, der die Bäume leuchtend aus dem fahlgrünen Dunst hervortreten ließ. Als es kurz darauf plötzlich schneite, war sie ebenso verblüfft wie besorgt, war Florens doch in diesem Wetter unterwegs. Jetzt, da sie wusste, dass Florens sich nicht hatte aufhalten lassen, versuchte sie herauszufinden, was der Himmel und die Winde weiter vorhatten. Sie würden zur Ruhe kommen, befand sie; der Frühling besann sich aufs Grünen und Blühen. Beruhigt kehrte sie ins Krankenzimmer zurück, wo sie die Mistress murmeln hörte. Noch mehr Selbstmitleid? Nein, diesmal ging es nicht darum, ihrem Gesicht Abbitte zu leisten. Diesmal, so unglaublich es klang, betete sie. Worum oder zu wem wusste Lina nicht. Sie war erstaunt und auch peinlich berührt, da sie immer geglaubt hatte, die Mistress begegne dem Christengott zwar höflich, der Religion aber mit Gleichgültigkeit oder gar offener Gegnerschaft. Da sah man, dachte Lina, was für ein mächtiger Antrieb, was für ein Wandler der Seelen und Sammler der Herzen doch der Hauch des Todes war. Jede Entscheidung, die man traf, während man ihn einsog, war so unbeständig wie unberechenbar. Kühle Bedächtigkeit war ein seltenes Gut in Augenblicken der Krise. Aber was war nun mit Florens? Sieh mal an, wie sie sich verhalten hat, als plötzlich alles anders war. Einen eigenen Weg hat sie sich gesucht, als die anderen stiften gegangen waren. Gut gemacht. Mutig. Aber konnte sie es schaffen, ganz allein? Sie hatte die Stiefel vom Sir, den Brief, Proviant und eine verzweifelte Sehnsucht, den Schmied wiederzusehen. Aber wird sie zurückkehren, mit ihm, nach ihm, ohne ihn, überhaupt?

Schwarz ist die Nacht, nirgends Sterne, aber plötzlich rührt sich der Mond. Das Pieksen der Nadeln tut zu weh, und hier oben Ruhe zu finden ist ganz unmöglich. Ich klettere hinunter und suche mir einen besseren Platz. Mit Glück finde ich im Mondlicht einen hohlen Baumstamm, aber drinnen wogt es vor lauter Ameisen. Ich breche Zweige und kleine Äste von einer jungen Tanne ab, schichte sie gegeneinander und krieche darunter. Die Nadeln stechen weniger, und ich kann nicht mehr fallen. Der Boden ist feucht und kühl. Nachtmäuse kommen zu mir, beschnuppern mich und huschen weg. Ich spähe nach Schlangen, die an den Stämmen herunter und über den Boden gleiten, obwohl Lina mir erzählt hat, dass wir nicht das sind, was sie am liebsten beißen oder im Stück verschlingen. Ich liege ganz still und versuche, nicht an Wasser zu denken. Ich denke lieber an eine andere Nacht, an einen anderen Ort, mit feuchtem Erdreich. Aber dort ist es Sommer, und die Feuchte kommt vom Tau und nicht vom Schnee. Du erklärst mir, wie du die Sachen aus Eisen machst. Wie froh du bist, wenn du leicht zu gewinnendes Erz findest, dicht unter der Oberfläche der Erde. Wie ruhmvoll es ist, dem Metall eine Form zu geben. Dein

Vater hat es getan und dein Vatersvater und immer weiter zurück über tausend Jahre. Mit alten Termitenhügeln als Schmelzofen. Und du weißt, dass deine Ahnen zufrieden sind, wenn genau in dem Augenblick, da du ihre Namen nennst, zwei Eulen auftauchen. Du weißt, dass sie sich zeigen, um dir ihren Segen zu geben. Mit dir sind sie auch zufrieden, sagst du zu mir. Segnen sie mich auch?, frage ich. Warte, sagst du. Warte, du wirst es sehen. Ich glaube, sie segnen dich, denn ich komme jetzt. Ich komme zu dir.

Lina sagt, es gibt Geister, die sich um Krieger und Jäger kümmern, und es gibt andere, die Jungfrauen und Mütter behüten. Ich bin weder das eine noch das andere. Der Ehrwürdige Vater sagt, die größte Hoffnung liegt in der Kommunion, und gleich danach kommt das Gebet. Die Kommunion wird hier nirgends gefeiert, und zur Heiligen Jungfrau zu beten ist mir peinlich, weil nichts von dem, worum ich bitten will, nach ihrem Geschmack ist. Ich glaube, der Mistress ist das alles gleichgültig. Sie geht den Baptisten und den Frauen vom Dorf, die den Betsaal besuchen, aus dem Weg. Sie hat Ärger mit ihnen, wie damals, als wir drei, die Mistress, Sorrow und ich, zwei Kälber zum Markt bringen. Sie trotten angeleint hinter dem Karren her, auf dem wir fahren. Wir warten, während die Mistress über den Preis verhandelt. Sorrow springt runter und verschwindet hinter dem Haus des Handelsagenten, wo sie von einer Frau aus dem Dorf angeschrien und geohrfeigt wird, viele Male. Als die Mistress merkt, was da geschieht, brennt ihr Gesicht vor Zorn wie das der anderen Frau. Sorrow erleichtert sich im Garten, ohne sich um fremde Blicke zu scheren. Der Streit ist vorbei, und die Mistress fährt uns wieder zurück. Nach einer Weile zerrt sie am Zügel, bis das Pferd steht. Sie dreht sich zu Sorrow um, ohrfeigt sie ebenfalls und sagt: Dummkopf. Ich schrecke mich. Die Mistress schlägt uns nie. Sorrow weint nicht und sagt nichts. Ich glaube, die Mistress spricht noch anders zu ihr, milder, aber sehen kann ich nur, wie ihre Augen schauen. Der Blick ist dem der Frauen ähnlich, die Lina und mich anstarren, als wir auf die Ney-Brüder warten. Weder hier noch dort macht der Blick Angst, aber er ist ein Stachel, der wehtut. Aber ich weiß, dass die Mistress ein weicheres Herz hat. An einem Wintertag, ich bin noch klein, fragt Lina, ob sie mir die Schuhe der toten Tochter geben darf. Sie sind schwarz, und jeder hat sechs Knöpfe. Die Mistress erlaubt es, aber als sie mich in diesen Schuhen sieht, setzt sie sich plötzlich in den Schnee und weint. Der Sir kommt und nimmt sie in die Arme und trägt sie zurück ins Haus.

Ich weine nie. Auch als mir die Frau auf dem Schiff den Umhang und die Schuhe stiehlt und ich frieren muss, kommen keine Tränen.

Diese Erinnerungen sind ein Stück Traurigkeit in mir, deshalb lenke ich meine Gedanken zu dir. Wie du sagst, dass dein Wirken in der Welt kraftvoll und schön ist. Ich denke, du selbst bist das auch. Ich brauche keine heiligen Geister. Keine Kommunion und kein Gebet. Du bietest mir Schutz. Du allein. Du kannst es, weil du sagst, dass du ein freier Mann aus Neu-Amsterdam bist, und von jeher. Nicht so wie Will oder Scully, sondern wie der Sir. Ich weiß nicht, was es für ein Gefühl ist oder was es bedeutet, frei sein oder nicht frei. Aber ich habe eine Erinnerung. Als das Tor zu dem neuen Haus vom Sir fertig ist und du schon so lange weg bist, gehe ich manchmal los, um dich zu suchen. Den Abhang hinter dem neuen Haus hoch und über den Hügel dahinter. Ich sehe eine Wegspur zwischen Ulmenzeilen und folge ihr. Unter den Füßen sind Kräuter und Erde. Nach einer Weile wendet die Spur sich von den Ulmen weg, und zu meiner Rechten fällt das Land in einem felsigen Hang ab. Zu meiner Linken ist ein Hügel. Hoch, sehr hoch. Darüber hin klettern, rauf bis ganz oben, scharlachrote Blumen, die ich zum ersten Mal sehe. Überall ersticken die Blätter unter den Blüten. Der Duft ist süß. Ich strecke die Hand aus und pflücke ein paar. Ich höre ein Geräusch hinter mir, und als ich mich umdrehe, sehe ich einen Hirsch, der auf der steinigen Seite heraufkommt. Er ist großartig. Großmächtig. Ich stehe zwischen der lockenden Wand des Blütendufts und dem Tier und frage mich, was mir die Welt wohl noch zeigen wird. Es ist, als wäre ich ganz ungebunden und könnte alles tun, wofür ich mich entscheide, bei dem Hirsch, bei dem Wall aus Blumen. Sie macht mir etwas Angst, diese Ungebundenheit. Ist dies das Gefühl, frei zu sein? Es gefällt mir nicht. Ich will nicht frei sein von dir, weil ich nur mit dir lebendig bin. Als ich mich entscheide und dem Hirsch einen guten Morgen wünsche, läuft er weg.

Jetzt fällt mir etwas anderes ein. Ein anderes Tier, das eine Entscheidung werden lässt. Der Sir badet sich jeden Mai. Eimerweise schütten wir heißes Wasser in den Badezuber und sammeln Blätter vom Wintergrünstrauch, die wir hineinstreuen. Der Sir weicht sich erst eine Weile ein. Seine Knie schauen aus dem Wasser, seine Haare hängen glatt und nass über den Rand des Zubers. Dann kommt die Mistress, erst mit einem Stück Seife, dann mit einer Bürste. Sobald er ganz rosig ist vom Schrubben, steht er auf. Sie hüllt ein Tuch um ihn und trocknet ihn ab. Danach steigt sie ins Wasser und spritzt es über sich. Er schrubbt sie nicht ab. Er ist im Haus und zieht sich wieder an. Ein Elch taucht zwischen den Bäumen am Rand der Lichtung auf. Wir alle, die Mistress, Lina und ich, sehen ihn. Er steht einsam da und glotzt. Die Mistress kreuzt die Handgelenke über ihren Brüsten. Ihre Augen sind groß und starr. Ihr Gesicht wird ganz bleich. Lina schreit und wirft einen Stein. Der Elch dreht sich langsam um und trottet davon. Wie ein großer Chief. Aber die Mistress zittert immer noch, als wäre etwas Schlimmes passiert. Wie klein sie doch aussieht, denke ich. Es ist doch nur ein Elch, der nichts von ihr will. Der von keinem was will. Die Mistress schreit nicht und spritzt auch nicht mit dem Wasser herum. Sie wagt es nicht, sich zu entscheiden. Der Sir kommt aus dem Haus. Die Mistress steht auf und läuft zu ihm. Ihre nackte Haut ist ganz glitschig vom Öl der Wintergrünblätter. Lina und ich sehen einander an. Was befürchtet sie denn?, frage ich. Nichts, sagt Lina. Warum läuft sie dann zum Sir hin? Weil sie das kann, antwortet Lina. Plötzlich fällt ein Schwarm Spatzen vom Himmel und lässt sich in einem Baum nieder. Es sind so viele, dass man denkt, der Baum treibt nicht Blätter, sondern Vögel. Lina deutet darauf. Wir lassen die Welt nicht werden, sagt sie. Die Welt lässt uns werden. Plötzlich und lautlos sind die Spatzen verschwunden. Ich verstehe nicht, was Lina meint. Du lässt mich werden und du bist meine Welt. Es ist geschehen. Es braucht keine Entscheidung mehr.

Wie lang wird es dauern wird sie sich verirren wird er da sein wird er herkommen wird irgendein Rumtreiber ihr Gewalt antun? Sie brauchte Schuhe, richtige Schuhe statt dieser schmutzigen Fetzen, die ihre Füße bedeckten, und erst als Lina ihr welche machte, sprach sie ein Wort.

Rebekkas Gedanken flossen ineinander, vermengten Ereignisse und Zeiten, aber nicht die Menschen. Das Bedürfnis, zu schlucken; der Schmerz, den es bereitete; der unerträgliche Zwang, sich die Haut bis auf die Knochen aufzukratzen, all das hörte nur auf, wenn sie das Bewusstsein verlor – nicht, wenn sie einschlief, denn in ihren Träumen war kein Unterschied zum Wachsein.

«Sechs Wochen lang hab ich mitten unter Fremden geschissen, um in dieses Land zu kommen.»

Sie hat es Lina wieder und wieder erzählt. Lina, der einzig ihr Verbliebenen, von der sie sich verstanden wusste und deren Ratschlag sie traute. Selbst jetzt, im tiefen Blau einer Frühlingsnacht, in der sie weniger Schlaf bekommen hat als ihre Mistress, ist Lina flüsternd und mit einem Federbusch fächelnd an Rebekkas Bett.

«Mitten unter Fremden», sagte Rebekka. «Es ging

nicht anders, wie eingesalzener Fisch waren wir unter Deck zusammengepfercht.»

Sie heftete ihren Blick an Lina, die den Stock mit den Federn weggelegt hatte und jetzt neben dem Bett kniete.

«Ich kenne dich», sagte Rebekka und glaubte zu lächeln, aber sie war sich dessen nicht sicher. Auch andere bekannte Gesichter schwebten manchmal vor ihr und verschwanden wieder: ihre Tochter; der Matrose, der ihr half, die Kisten zu schleppen und die Verschnürung straff zu ziehen; ein Mann am Galgen. Nein. Dieses Gesicht hier war wirklich. Sie erkannte die dunklen, sorgenvollen Augen, die gelblich braune Haut. Wie hätte sie ihre einzige Freundin auch nicht erkennen können. Um sich dieses Augenblicks der Klarheit zu vergewissern, sagte sie: «Lina. Erinnerst du dich? Wir hatten keine Feuerstelle. Es war kalt. So kalt. Ich glaubte, sie sei stumm oder taubstumm, verstehst du? Blut bleibt haften. Man bringt es nicht weg, so sehr man auch ...» Ihre Stimme war drängend und vertraulich, als enthülle sie ein Geheimnis. Dann Schweigen, als sie irgendwo zwischen Fieber und Erinnerung verschwand.

Nichts auf der Welt hätte sie vorbereiten können auf ein Leben mit dem Wasser, auf dem Wasser, um das Wasser, vom Wasser geschwächt und nach Wasser lechzend. Gebannt und gelangweilt von seinem Anblick, vor allem mittags, wenn die Frauen noch eine Stunde an Deck verbringen durften. Dann sprach sie mit dem Ozean. «Bleib ruhig, schüttle mich nicht durch. Nein, rühr dich, beweg dich, reg mich auf. Vertrau mir, ich werde deine Geheimnisse nicht verraten: dass du so riechst wie frischer Monatsfluss; dass dir der Erdball gehört und Land nichts als ein Nachtrag ist, um dich zu amüsieren; dass die Welt unter dir zugleich ein Totenacker ist und das Himmelreich.»

Kaum wieder an Land, war Rebekka überwältigt von dem schieren Glück, das sie mit ihrem Ehemann hatte. Mit ihren sechzehn Jahren war ihr klar, dass ihr Vater sie bereitwillig jedem Mann geschickt hätte, der die Überfahrt bezahlte und ihn damit von einem hungrigen Maul befreite. Als Bootsführer wurden ihm von seinen Kollegen alle möglichen Neuigkeiten zugetragen, und als er von einem Matrosen hörte, dass ein Obermaat aus dessen Mannschaft nach einer Frau Ausschau hielt, die gesund, züchtig und willens war, sich außer Landes zu verheiraten, zögerte er keinen Augenblick, seine Älteste anzubieten. Die Widerspenstige, die zu viele Fragen stellte und ihr Mundwerk nicht im Zaum halten konnte. Rebekkas Mutter hatte gegen diesen «Verkauf» – sie nannte es so, weil der künftige Ehegatte eine «Entschädigung» für Kleidung und sonstige Reiseausgaben in Aussicht stellte – nicht etwa deshalb etwas einzuwenden, weil sie ihre Tochter liebte oder brauchte, sondern weil der Gatte in spe ein Heide war, der mitten unter den Wilden lebte. Die Religion, wie Rebekka sie bei ihrer Mutter kennenlernte, war eine von wundersamem Hass genährte Flamme. Füreinander und für die Kinder hatten ihre Eltern nur eisige Gleichgültigkeit übrig, während sie all ihr Feuer für Fragen ihres Glaubens aufsparten. Der kleinste Tropfen Großherzigkeit gegenüber Fremden erschien ihnen als Schwall, der diese Glut bedrohte. Rebekkas Vorstellung von Gott war schemenhaft, so etwas wie ein besserer König, aber sie tröstete sich über die Schande mangelhafter Frömmigkeit mit dem Gedanken hinweg, dass Er ja wohl nicht größer oder vollkommener sein konnte als das Bild, das der Gläubige sich von ihm machte. Wer schwach war im Glauben zog den schwachen Gott vor. Die Ängstlichen erfreuten sich eines zürnenden, rächenden Gottes. So willig ihr Vater sie auf die Reise schickte, so sehr warnte ihre Mutter sie vor wilden Eingeborenen und abtrünnigen Sektierern, die ihr, kaum dass sie festen Boden unter den Füßen hatte, nach dem Leben trachten würden. Als Rebekka bei ihrer Ankunft auf Lina stieß, die bereits zum Hausstand gehörte und sie vor der aus nur einem Raum bestehenden Hütte erwartete, die ihr künftiger Mann als eheliche Heimstatt errichtet hatte, verrammelte sie bei Nacht die Tür und weigerte sich, das Mädchen mit dem rabenschwarzen Haar und der unmöglichen Hautfarbe irgendwo in der Nähe schlafen zu lassen. Ungefähr vierzehn Jahre war Lina alt und trug eine steinerne Miene zur Schau, und es dauerte eine ganze Weile, bis die beiden einander zu trauen begannen. Vielleicht, weil sie beide allein und ohne Familie waren, vielleicht, weil sie dem gleichen Mann zu Diensten sein mussten, vielleicht auch, weil sie beide keinen Schimmer hatten, wie man eine Farm bewirtschaftete, wurden sie einander schließlich zu Gefährtinnen. Zu einem Gespann zumindest, dessen stummes Bündnis die Folge gemeinsamer Aufgaben war. Als dann das erste Kind geboren wurde, kümmerte Lina sich so zärtlich und so wissend, dass Rebekka sich ihrer anfänglichen Ängste schämte und sich einredete, sie hätte solche finsteren Gedanken nie gehabt. Jetzt, da sie mit bandagierten Händen, gefesselt zum Schutz vor Selbstverstümmelung, die Zähne von zurückgewichenen Lippen entblößt, auf ihrem Bett lag, gab sie ihr Schicksal anderen in die Hände und wurde von Bildern früherer Wirrsal heimgesucht. Ihre ersten Hinrichtungen sah sie auf dem großen Markt, inmitten einer frohgestimmten Menschenmenge. Sie war ungefähr zwei Jahre alt, und die Gesichter der Gehenkten hätten sie geängstigt, wären die Zuschauenden nicht so begeistert und spottlustig gewesen. Mit ihrer ganzen Familie und den meisten Menschen aus der Nachbarschaft war sie dabei, als Delinquenten auf das Streckbrett geschnallt oder gevierteilt wurden, und obwohl sie zu jung war, um sich an Einzelheiten zu erinnern, blieben ihr die Albträume erhalten, weil ihre Eltern dieses Schauspiel durch die Jahre immer wieder neu beredeten und sich gegenseitig schilderten, wie es genau gewesen war. Weder damals noch heute wusste sie, was die Propheten des Fünften Königreichs predigten, aber in ihrem Elternhaus war klar, dass eine Hinrichtung ein festliches Ereignis war und so aufregend wie eine königliche Parade.

Schlägereien, Messerstechereien und Entführungen waren in ihrer Heimatstadt so alltäglich, dass die mütterliche Warnung, in der unbekannten Neuen Welt würde ihr nach dem Leben getrachtet, nicht schlimmer klang als eine Ankündigung schlechten Wetters. Just in dem Jahr, in dem sie ins Land kam, ging kaum zweihundert Meilen entfernt ein gewaltiger Krieg zwischen Siedlern und *natives* zu Ende, ehe sie auch nur davon gehört hatte. Die immer wieder aufflackernden Scharmützel – Mann gegen Mann, Pfeil gegen Pulver, Kugel gegen Kriegsbeil – waren nichts gegen all das Blut, das sie schon im Kindesalter gesehen hatte: zwei Handvoll fröhlich sich ringelnder, noch zuckender Gedärme, dem Verurteilten unter die Nase gehalten, ehe sie in einem Eimer und dann in der Themse landeten; zitternde Finger, die sich nach dem Rumpf ausstreckten, mit dem sie eben noch verbunden waren; das hell lodernde Haar einer Frau, die sich des Leibesschadens schuldig gemacht hatte. Verglichen damit verlor der Tod durch Schiffsuntergang oder einen Tomahawk an Schrecken. Sie wusste nicht, was andere Siedlerfamilien ganz in der Nähe einst von der Alltäglichkeit der Verstümmelung gewusst hatten, und so teilte sie deren Ängste nicht, als mit dreimonatiger Verzögerung Nachricht von einer offenen Feldschlacht, einer Geiselnahme, einem gescheiterten Friedensschluss eintraf. Die Fehden zwischen indigenen Gruppen oder Milizen, die in Teilen der Kolonie aufflammten, schienen nur ein ferner, zu verschmerzender Schönheitsfehler zu sein in einem Land von solcher Weite, solchem Wohlgeruch. Vom Gestank der Stadt und dem Gestank des Schiffsbauchs befreit zu sein versetzte sie in eine förmliche Trunkenheit, und es dauerte Jahre, bis sie wieder nüchtern genug war, von der frischen Luft kein Aufhebens zu machen. Auch der Regen wurde ihr zu einer völlig neuen Erfahrung – reines Wasser, das sauber vom Himmel fiel, ganz ohne Beimengung von Ruß. Sie faltete die Hände unter dem Kinn, wenn sie vor Bäumen stand, die höher waren als der Turm einer Kathedrale und wärmendes Brennholz in solcher Fülle versprachen, dass sie erst lachen musste und dann weinen, sobald ihr ihre Brüder und all die Kinder in den Sinn kamen, die in der Stadt, der sie den Rücken gekehrt hatte, frieren mussten. Noch nie hatte sie Vögel gesehen wie hier, noch nie Wasser aus Bächen getrunken, die kristallklar über weiße Kiesel hinströmten. Es war ein Abenteuer, Wildbret zuzubereiten, von dem sie noch nie gehört hatte, und Geschmack an gebratenen Schwänen zu finden. Zugegeben, es gab auch ungeheuerliche Stürme, die den Schnee bis über die Fensterläden hinauftürmten. Und im Sommer schwärmten Insekten aus, so laut, dass sie Kirchenglocken übertönt hätten. Doch die Vorstellung, wie ihr Leben aussähe, wäre sie in jene stinkenden Gassen verbannt geblieben, bespuckt von Lords und Dirnen und immer nur knicksend, knicksend, knicksend, ließ sie immer noch schaudern. Hier war sie nur ihrem Mann Rechenschaft schuldig, und wenn ihre Zeit und das Wetter es erlaubten, stattete sie dem einzigen Bethaus der Gegend einen schicklichen Besuch ab. Wie sich herausstellte, waren die Wiedertäufer keineswegs jene Teufelsanbeter, als die ihre Eltern sie – wie auch alle anderen Sektierer – bezeichnet hatten, sondern angenehme und freigebige Zeitgenossen, wenn auch mit verwirrenden Ansichten. Ansichten, für die sie, genau wie die grässlichen Quäker, in der Heimat in ihren eigenen Gemeindesälen blutig geprügelt wurden. Rebekka hatte nichts von dieser eingefleischten Feindschaft geerbt. Hatte nicht sogar der König ein Dutzend dieser Ketzer, schon auf dem Weg zum Galgen, begnadigt? Sie wusste noch, wie enttäuscht ihre Eltern waren, dass das Schauspiel ausfiel, und welche Wut sie auf ihren wankelmütigen Monarchen hatten. So unwohl fühlte sie sich in dieser Dachkammer voll ständiger Streitereien, voller wütender Ausbrüche von Missgunst und dumpfer Ablehnung von allem, was fremd und anders war, dass sie ungeduldig auf eine Gelegenheit zur Flucht wartete. Irgendeine Gelegenheit.

Den Vorschein einer Rettung hatte es freilich schon gegeben, eine Hoffnung auf bessere Verhältnisse, als sie in der Kirchenschule als eine unter vieren für eine Ausbildung als Hausdienerin ausgewählt wurde. Doch in dem einzigen Haushalt, in dem sie angenommen wurde, war sie vollauf damit beschäftigt, vor den Nachstellungen ihres Herrn zu fliehen und sich hinter Türen zu verstecken. Vier Tage hielt sie das aus. Danach wurde ihr keine Stelle mehr angeboten. Doch dann kam die eigentliche Rettung, als ihr Vater von dem Mann erfuhr, dem mehr an einer zupackenden Frau gelegen war als an einer Mitgift. Angesichts der Warnung vor akuter Lebensgefahr einer- und der Beschwörung ehelicher Wonnen andererseits beschloss sie, das eine so wenig zu glauben wie das andere. Doch ohne Geld und ohne Neigung, hausieren zu gehen oder sich als Marktschreierin zu versuchen oder sich in einer Lehre für Obdach und karge Kost ausbeuten zu lassen, auch ohne den Ausweg der Töchter höherer Stände, denen ein Damenstift offenstand, blieben ihr nur die Alternativen, eine Dienstmagd, eine Dirne oder eine Ehefrau zu werden. Über alle drei Lebensentwürfe wurde Grässliches berichtet, aber letzterer schien ihr der am wenigsten gefährliche zu sein. Da könnte sie Kinder haben und sich auf diese Weise ein gewisses Maß an Zuneigung sichern. Wie bei allen Lebenswegen, die ihr offenstanden, kam es natürlich auf den Charakter des Mannes an, an den sie geriet. Trotzdem hatte die Eheschließung mit einem Unbekannten in einem fernen Land unleugbare Vorteile: die Trennung von einer Mutter, die noch immer nicht über den Rand des Taufbeckens hinaussah; die Trennung von Brüdern, die Tag und Nacht unter der Fuchtel des Vaters arbeiteten und von ihm lernten, dass die Schwester, die geholfen hatte, sie aufzuziehen, ein Mensch zweiter Klasse war; vor allem aber die Gewissheit, dass sie nicht in die lüsternen und rohen Hände einer männlichen Zufallsbekanntschaft, sei sie betrunken oder nüchtern, fallen würde, die ihr irgendwo über den Weg lief. Amerika! Was der Gefahren auch sein mochte, schlechter als in der Heimat konnte sie es kaum treffen.

Anfänglich, als sie sich auf Jacobs Landbesitz heimisch machte, besuchte sie die etwa sieben Meilen entfernte Kirche, wo sie ein paar Menschen aus dem Dorf kennenlernte, die ihr mit gelindem Argwohn begegneten. Sie hatten sich von einer größeren Glaubensgemeinschaft abgespalten, um die religiösen Überzeugungen ihrer Sekte in reinerer Form, wahrhaftiger und gottgefälliger, zu praktizieren. In ihrer Gesellschaft übte Rebekka wohlweisliche Zurückhaltung, war den Leuten im Betsaal gegenüber freundlich und verdrehte nicht die Augen, wenn ihr die Glaubenssätze erläutert wurden. Erst angesichts der Weigerung, ihr Erstgeborenes zu taufen, ihre wundervolle Tochter, wandte Rebekka sich ab. Wenn ihr Glaube auch schwach war, so fand sie es doch unverzeihlich, die Seele eines Kindes nicht vor ewiger Verdammnis zu bewahren.

Immer häufiger war es in Linas Gegenwart, dass Rebekka ihrem Elend Laut gab.

«Ich hab sie wegen eines zerrissenen Hemdchens geschimpft, Lina, und im nächsten Augenblick sehe ich sie im Schnee liegen. Ihr kleiner Kopf aufgeplatzt wie ein Ei.»

Sie hätte sich geschämt, ihren Kummer in einem Gebet zu erwähnen; im Unglück irgendetwas anderes zu sein als tapfer; Gott wissen zu lassen, dass sie für seine Obhut nicht nur dankbar war. Aber sie hatte vier gesunde Kinder zur Welt gebracht, bei dreien mit ansehen müssen, wie sie in verschiedenem Alter verschiedenen Krankheiten erlagen und schließlich erlebt, wie Patrician, ihre Erstgeborene, die ein Alter von fünf Jahren erreicht und Rebekka so glücklich gemacht hatte, dass sie es selbst nicht glauben konnte, zwei Tage mit zerschmettertem Schädel in ihren Armen lag, ehe sie endlich starb. Um dann zweimal zur letzten Ruhe gebettet zu werden, erst in einem Sarg, der nur von Fellen bedeckt war, weil der Erdboden die von Jacob gezimmerte kleine Kiste nicht aufnehmen konnte und sie sie darin einfrieren lassen mussten; und dann noch einmal im späten Frühling, als sie ihren Platz bei ihren Brüdern bekam und auch die Wiedertäufer an der Beisetzung teilnahmen. Geschwächt, von Pusteln übersät, nach noch keinem vollen Tag, um Jacob zu betrauern, war ihr Schmerz eine frische Wunde, wie Heu in der Hungersnot. Es war ihr eigener Tod, dem ihre Aufmerksamkeit jetzt gelten sollte. Sie konnte das Getrappel seiner Hufe auf dem Hausdach hören, konnte die in einen Umhang gehüllte Gestalt auf dem Pferderücken sehen. Aber stets wenn die Qualen des Augenblicks nachließen, wandten ihre Gedanken sich von Jacob ab und wanderten zu Patricians verfilztem Haarschopf, zu dem dunklen, harten Seifenklumpen, mit dem sie ihn zu säubern suchte, den Spülungen, mit denen sie wieder und wieder versuchte, jede einzelne der honigbraunen Strähnen von diesem schrecklichen Blut zu befreien, das sich wie ihre Seele immer mehr zu Schwarz verdunkelte. Nie warf Rebekka einen Blick auf den Sarg, der unter Pelzen auf Tauwetter wartete. Doch als die Erde endlich weich wurde, als Jacobs Spaten sie zu fassen bekam und der Sarg hinabgesenkt wurde, da saß sie, auf ihre Ellenbogen gestützt, auf dem Boden und merkte nichts von der Feuchtigkeit und starrte jedem Erdklumpen und Batzen nach, der hinunterpolterte. Sie blieb den ganzen Tag dort und die ganze Nacht hindurch. Niemand, nicht Jacob, nicht Sorrow und nicht Lina, konnte sie zum Aufstehen bewegen. Und auch der Pastor nicht, denn er und seine Herde waren es gewesen, deren Glaube ihren Kindern die Erlösung verbaut hatte. Sie knurrte, ließ sich nicht von ihnen berühren, schleuderte die Decke von ihren Schultern. Da ließen sie sie in Ruhe, schüttelten die Köpfe und murmelten Gebete, dass ihr vergeben würde. In der Morgendämmerung, es hatte leicht zu schneien begonnen, kam Lina und breitete Schmuckstücke und Esswaren und duftende Blätter auf dem Grab aus und erzählte ihr, dass die Söhne und Patrician jetzt Sterne seien, oder etwas ähnlich Schönes: gelbe und grüne Vögel, verspielte Füchse oder die rosig überhauchten Wolken, die sich am Himmelsrand sammelten. Heidnisches Zeug, natürlich, aber es war tröstlicher als diese

Ich-unterwerfe-mich-und-wir-sehen-uns-am-Jüngsten-Tag-Gebete, die Rebekka beigebracht worden waren und die sie auch bei der Täufergemeinde gehört hatte. Sie erinnerte sich an einen Sommertag, als sie nähend und frivole Reden führend vor dem Haus gesessen hatte, während Lina neben ihr in dem Kessel rührte, in dem Leinen ausgekocht wurde.

Ich glaube nicht, dass Gott uns kennt. Ich glaube, er würde uns mögen, wenn er uns nur kennte, aber ich glaube nicht, dass er irgendetwas von uns weiß.

Aber er hat uns gemacht, Miss? Oder etwa nicht?

Doch. Aber Pfauenfedern hat er auch gemacht. Das muss schwieriger gewesen sein.

Oh, Miss, aber wir singen und wir reden. Das tun die Pfauen nicht.

Wir müssen das tun. Die Pfauen nicht. Was haben wir denn sonst?

Gedanken. Hände, um Dinge zu machen.

Alles schön und gut. Aber das geht nur uns an. Nicht Gott. Er hat anderes zu tun in der Welt. An uns verschwendet Er keinen Gedanken.

Was macht Er dann, wenn Er nicht über uns wacht?

Das weiß der Himmel.

Worauf sie vor Lachen losprusteten wie kleine Mädchen, die sich hinter dem Stall versteckten und von der Verwegenheit ihrer Worte begeistert waren. Sie wusste später nie, ob sie Patricians Unfall, verursacht durch einen Huftritt, als Strafe oder als Bestätigung verstehen sollte.

Und jetzt, hier im Bett, die flinken, fleißigen Hände

bandagiert, damit sie sich nicht selbst blutig kratzte, wusste sie nicht, ob sie laut sprach oder einfach nur dachte.

«In einen Kübel geschissen … unter Fremden …»

Manchmal umringten sie ihr Bett, diese Fremden, die keine mehr waren, die zu jener Art von Familie geworden waren, die sich auf Seereisen bildet. Fieberträume, dachte sie, oder die Wirkung von Linas Medizin. Aber immer wieder kamen sie ans Bett, gaben ihr Ratschläge, erzählten Klatschgeschichten, lachten oder starrten sie nur mitleidsvoll an.

Noch sieben anderen Frauen war dieser Verschlag im Laderaum der *Angelus* zugewiesen worden. Bibbernd warteten sie, der steifen, von See her in den Hafen blasenden Brise den Rücken zukehrend, inmitten von Kisten und Karren, von Pferden, Seesäcken, Wachmännern, Gefängnisbeamten, weinenden Kindern und Passagieren, die auf dem Oberdeck reisen durften, auf die Erlaubnis, an Bord zu gehen. Als endlich die menschliche Fracht aufgerufen wurde, die die Passage unter Deck verbringen musste, und von jeder Person Name, Herkunft und Beruf in Listen eingetragen wurden, gaben vier oder fünf Frauen an, Dienstmägde zu sein. Wie es sich wirklich verhielt, erfuhr Rebekka schon bald, kaum dass sie von den männlichen Passagieren und den vornehmeren Frauen getrennt und zu einem düsteren Loch gleich neben den Viehställen geführt worden waren. Licht und Luft drangen nur durch eine Luke an der Decke herein; ein Abfallkübel stand neben einem Krug mit Apfelmost, ein Korb und ein Seil verrieten, dass das Essen durch die Luke herabgelassen werden würde. Wer größer war als fünf

Fuß konnte sich nur gebückt, mit eingezogenem Kopf, bewegen. Sie fanden es einfacher, auf allen vieren zu kriechen, sobald sie, wie die Vagabunden, ihre persönlichen Bereiche erst einmal abgesteckt hatten. Das ausgebreitete Gepäck, die Kleidung, die Sprache und das Verhalten verrieten lange, ehe sie sich offenbarten, wer sie eigentlich waren. Die eine, Anne, war von ihrer Familie verstoßen worden. Zwei andere, Judith und Lydia, waren Prostituierte, die man vor die Wahl zwischen Gefängnis und Auswanderung gestellt hatte. Lydia wurde von ihrer Tochter Patty begleitet, einer zehnjährigen Diebin. Elizabeth behauptete, die Tochter eines einflussreichen Agenten der Kompanie zu sein. Eine weitere, Abigail mit Namen, wurde bald in die Kajüte des Kapitäns verlegt, und bei der siebten, Dorothea, handelte es sich um eine Taschendiebin, der das Urteil die gleiche Wahl gelassen hatte wie den beiden Dirnen. Rebekka war die Einzige, die heiraten sollte und deren Überfahrt im Voraus bezahlt war. Die anderen wurden von Verwandten oder künftigen Dienstherren abgeholt, die den Passagepreis entrichten würden – ausgenommen die Taschendiebin und die Huren, die Reise und Unterhalt durch lange Jahre unbezahlter Arbeit abdienen mussten. Nur Rebekka fiel hier aus dem Rahmen. Im Verlauf der Reise, unter der niedrigen Decke zwischen improvisierten Wänden aus Truhen und Kisten und von den Hängematten herabhängenden Laken beisammenhockend, lernte Rebekka die anderen allmählich besser kennen. Die halbwüchsige Diebin-in-Ausbildung hatte die Gesangstimme eines Engels. Die «Tochter» des Agenten stammte in Wahrheit aus Frankreich. Die beiden alten Huren waren vierzehn gewesen, als ihre Familien sie wegen unzüchtigen Betragens davonjagten. Und die Taschendiebin hatte wieder eine Diebin zur Tante, von der sie in alle Geheimnisse des Gewerbes eingeweiht worden war. Alle zusammen machten die Überfahrt erträglich, machten sie zu einer weniger grässlichen Erfahrung, als sie es ohne ihre Gesellschaft gewesen wäre. Ihre in Wirtshäusern erworbene Gewitztheit, ihre Lebensklugheit, die mit geringen Erwartungen an andere und einem soliden Selbstbewusstsein eine glückliche Verbindung einging, und die Bereitschaft, über alles und sich selbst zu lachen, hellten Rebekkas Stimmung auf und machten ihr Mut. Wenn ihre weibliche Verletzbarkeit bei einer so einsamen Reise in ein fremdes Land zur Hochzeit mit einem wildfremden Mann ihr Angst gemacht hatte, so rückten diese Frauen die Dinge wieder zurecht. Wenn ihr jemals das Herz hoch im Hals geklopft hatte beim Gedanken an die Prophezeiung ihrer Mutter, so sorgte das Zusammensein mit diesen vertriebenen, weggeworfenen Frauen wieder für einen ruhigen Puls. Dorothea, mit der sie sich am meisten anfreundete, erwies sich als besonders hilfreich. Mit übertriebenem Seufzen und milden Flüchen sortierten sie ihre Habseligkeiten und steckten ihr jeweiliges Territorium ab, kaum größer als eine Türschwelle. Auf direkte Befragung gab Rebekka zu, dass sie verheiratet werden sollte und, ja, dass es das erste Mal war, worauf Dorothea lachte und ihre Entdeckung für jedermann in Hörweite herausposaunte. «Eine Jungfrau! Hast du gehört, Judy? Wir haben eine unreife Feige bei uns.»

«Na, dann sind schon zwei an Bord. Patty ist die andere.» Judith sah grinsend zu der Kleinen hinüber und zwinkerte ihr zu. «Verkauf's nicht billig.»

«Sie ist zehn!», rief Lydia. «Für was für eine Mutter haltet ihr mich?»

«In zwei Jahren wissen wir die Antwort.»

Alle drei lachten herzhaft, bis Anne sich einschaltete. «Schluss jetzt, bitte! Solche rohen Reden verletzen mich.»

«Rohe Reden, aber rohes Betragen nicht?», fragte Judith.

«Das auch», erwiderte sie.

Sie hatten sich jetzt eingerichtet und brannten darauf, ihren Nachbarinnen auf den Zahn zu fühlen. Dorothea zog einen Schuh aus und schlängelte die Zehen durch das Loch in ihrem Strumpf ins Freie. Dann zupfte sie die verschlissene Wolle sorgfältig unter den Zehen zurecht, schlug sie einmal um, zog den Schuh wieder an und lächelte zu Anne hinüber.

«Ist dein Betragen der Grund, warum dich deine Familie auf See schickt?» In gespielter Unschuld sah Dorothea Anne mit weit aufgerissenen Augen an und schlug mit den Wimpern.

«Ich besuche meinen Onkel und meine Tante.» Wäre der Lichtschimmer stärker gewesen, der durch die offene Luke herunterdrang, hätte man die puterrote Färbung ihrer Wangen gesehen.

«Und sicher bringst du ihnen ein Geschenk mit.» Lydia kicherte.

«Schu-schu. Schu-schu.» Dorothea wiegte ihre Arme hin und her.

«Ihr Zicken», zischte Anne.

Noch mehr Gelächter, laut genug, um die Tiere jenseits der Bretterwand unruhig zu machen, die die Frauen von den lebenden Lebensmittelvorräten trennte. Über ihnen erschien ein Matrose, der die Luke, wahrscheinlich auf Befehl, schloss.

«Mistkerl», rief eine der Frauen, als es schlagartig finster wurde. Dorothea und Lydia krochen im Dunkeln herum, bis sie die einzige vorhandene Lampe ertastet hatten.

Als sie brannte, ließ der kleine Lichtfleck alle zusammenrücken.

«Wo steckt Miss Abigail?», fragte Patty. Sie hatte schon im Hafen, Stunden vor dem Auslaufen, Zutrauen zu ihr gefasst.

«Wurde vom Käptn erwählt», sagte ihre Mutter.

«Ein Glück hat diese Hure», murmelte Dorothea.

«Verschluck's lieber. Du hast ihn nicht gesehen.»

«Nein, aber ich kann mir seinen Esstisch vorstellen.» Dorothea seufzte. «Beeren, Wein, Hammelkeule, Pasteten …»

«Hör auf, uns zu quälen. Und wart mal ab. Vielleicht kann uns die Schlampe was zukommen lassen. Aber er lässt sie sicher nicht aus den Augen, der Hund.»

«Milch frisch aus dem Euter, kein Dreck und keine Fliegen drauf, Butter in richtigen Stücken …»

«Hör auf!»

«Ich hab ein wenig Käse dabei», sagte Rebekka. Verblüfft, wie kindlich ihre Stimme klang, hustete sie. «Und Kekse.»

Alle wandten sich ihr zu, und eine Stimme flötete: «Oh, herrlich. Teestunde, meine Damen!»

Die Öllampe flackerte, drohte sie wieder in eine Finsternis versinken zu lassen, die nur kannte, wer jemals in der Last eines Seglers gereist war. Das ewige Geschaukel, die Versuche, nicht schon zu kotzen, ehe man den Kübel erreicht hatte, und zwar am besten auf allen vieren – all das konnte man zur Not ertragen, wenn man nur eine winzige Spur von Licht hatte.

Die Frauen rutschten noch dichter zu Rebekka hin, und plötzlich, ohne Verabredung, benahmen sich alle so, wie sie glaubten, dass es Königinnen gezieme. Judith breitete ihr Halstuch über dem Deckel einer Kiste aus. Elizabeth kramte aus ihrer Reisetruhe einen Wasserkessel und ein paar Löffel hervor. Als Tassen wurden diverse Gefäße aus Zinn, Blech und Ton aufgedeckt. Lydia erhitzte Wasser im Kessel über der Lampe, deren Flamme sie mit der hohlen Hand schützte. Keine war überrascht, dass niemand Tee dabei hatte, dafür hatten Judith und Dorothea Rum in ihren Säcken versteckt. Sorgsam wie ein Butler gossen sie ihn in das lauwarme Wasser. Rebekka platzierte den Käse in der Mitte des Tuchs und arrangierte die Kekse rundherum. Anne sprach das Tischgebet. Nur von leisen Atemgeräuschen begleitet, schlürften sie das warme, nach Rum duftende Wasser und kauten auf den altbackenen Keksen, nachdem sie sie behutsam von Rußflocken befreit hatten. Patty hockte zwischen den Knien ihrer Mutter, und Lydia führte mit der einen Hand ihren Becher zum Mund und streichelte mit der anderen ihrer Tochter übers Haar. Rebekka erinnerte sich, wie sie alle, auch die Zehnjährige, beim Trinken den kleinen Finger abspreizten. Und sie erinnerte sich auch an das Klatschen der Wellen gegen die Bordwand, das die Stille noch unterstrich. Vielleicht versuchten alle, so wie sie, nicht an das zu denken, wovor sie flohen und was sie erwartete. So erbärmlich diese Kammer, in der sie kauerten, auch war, zumindest hatten hier weder die Vergangenheit noch die Zukunft Macht über sie. Frauen von Männern oder Frauen für Männer – in diesen wenigen Augenblicken waren sie weder das eine noch das andere. Und als die Lampe schließlich verlosch und sie mit Schwärze umhüllte, verharrten sie, ohne auf die Schritte über ihren Köpfen oder das Gemuhe jenseits der Bretterwand zu achten, lange ohne jede Bewegung. Für sie, die den Himmel nicht sehen konnten, verwandelte sich Zeit in das vorbeiströmende Meer, ohne Marken, ewig und ohne Bedeutung.

Als sie anlegten, taten sie gar nicht erst so, als würden sie einander wiedersehen. Sie wussten, dass das nie der Fall sein würde, und so war es ein schneller und nüchterner Abschied, während jede ihr Gepäck zusammenraffte und in der Menschenmenge nach ihrer Zukunft suchte. Es stimmte, sie trafen einander nie wieder, es sei denn in Form jener Gesichte am Bettrand, die Rebekka heimsuchten.

Er war größer, als sie erwartet hatte. Alle Männer, die sie kannte, waren klein gewesen, klein, aber zäh. Mr. Vaark (es dauerte einige Zeit, bis sie Jacob zu ihm sagen konnte) packte gleich beide ihrer Kisten, nachdem er ihr Gesicht berührt und gelächelt hatte.

«Du hast deinen Hut abgenommen und gelächelt. Immer nur gelächelt.» Rebekka glaubte, das Grinsen ihres neuen Ehemannes zu erwidern, als sie in die Erinnerung an die erste Begegnung eintauchte, aber ihre ausgedörrten Lippen bewegten sich kaum. Sie hatte damals den Eindruck, sein ganzes vorheriges Leben habe nur diesem Augenblick gedient, diesem endlich wahr gewordenen Treffen, so unverkennbar waren seine Erleichterung und seine Zufriedenheit. Als sie ihm folgte und ihr nach den Wochen auf See die ungewohnte Festigkeit des Bodens in die Beine fuhr, stolperte sie auf dem Bohlenweg und riss sich den Rocksaum auf. Er wandte sich nicht nach ihr um, und so raffte sie den Rock mit der Faust, klemmte sich das Bettzeug unter den Arm und trottete weiter zum Fuhrwerk, wo sie die Hand, mit der er ihr hinaufhelfen wollte, ausschlug. Es war beschlossen und besiegelt. Er würde ihr keine mildernden Umstände gewähren. Sie würde es zurückweisen, wenn er doch darauf verfiele. Es war die perfekte Übereinkunft für die Arbeit, die vor ihnen lag.

«Trauungen werden hier vorgenommen», stand auf dem Schild neben der Tür des Kaffeehauses, darunter in kleineren Lettern ein Vers, der Warnung und Werbung zugleich sein sollte: «Was in sündiger Lust empfangen, zeuget die Sünde fort.» Der anwesende Kirchenmann war alt und nicht ganz nüchtern, ging aber zügig zu Werke. Nach wenigen Minuten saßen sie wieder auf ihrem Wagen, erfüllt von der Erwartung eines neuen, segensreichen Lebens.

Er wirkte scheu am Anfang, woraus sie schloss, dass er nicht zu neunt in einer einzigen Dachkammer aufgewachsen war und sich nicht so an leise Schreie der Leidenschaft im Morgengrauen gewöhnt hatte, dass sie ihm alltäglich geworden waren wie die Rufe fliegender Händler. Es war ganz anders, als Dorothea es beschrieben hatte, anders auch als die Turnübungen, die Lydia zum Jauchzen brachten, und anders als die hastigen, wütenden Paarungen ihrer Eltern. Sie fühlte sich weniger genommen als genötigt.

«Mein Stern des Nordens», sagte er zu ihr.

Sie machten sich auf den langen Weg des Einander-Kennenlernens, des Entdeckens von Vorlieben und Gewohnheiten, die sich änderten oder übernommen wurden, von Meinungsverschiedenheiten, die es ohne Galle auszuhalten galt, der Entwicklung von Vertrauen und jener wortlosen Verständigung, auf die ein jahrelanges Zusammenleben baut. Die geringe Neigung zur Religion, die Rebekkas Mutter so verärgert hatte, berührte ihn wenig. Er war selbst gleichgültig in diesen Dingen, hatte dem Druck widerstanden, der dörflichen Gemeinde beizutreten, ließ ihr aber die Freiheit, sich überzeugen zu lassen oder auch nicht. Dass Rebekka nach einigen anfänglichen Gottesdienstbesuchen beschloss, nicht mehr hinzugehen, erfüllte ihn mit unverhohlener Befriedigung. Im Großen wie im Kleinen waren sie einander Stütze und Halt, brauchten niemanden, genügten sich selbst. So glaubten sie jedenfalls. Aber natürlich sollten ihrer Verbindung Kinder entspringen. Was auch geschah. Bei jeder der weiteren Geburten, die auf Patrician folgten, vergaß Rebekka, wie lange vor der rechten Zeit zur Entwöhnung sie abgestillt hatte. Vergaß die noch nässenden Brüste, die vor der Zeit verschorften Brustwarzen, zu empfindlich, um ein Unterhemd zu ertragen. Vergaß auch, wie kurz der Weg von der Wiege zur Bahre sein konnte.

Als die Söhne starben und die Jahre vergingen, wuchs in Jacob die Überzeugung, dass die Farm sich zwar erhalten, aber keinen Gewinn abwerfen konnte. Er begann, Handel zu treiben und zu reisen. Wenn er heimkehrte, waren es glückliche Zeiten voller Neuigkeiten und denkwürdiger Bilder: von der tollen, tödlichen Wut der Siedler, deren Pastor von indigenen Kriegern tot vom Pferd heruntergeschossen wurde; von den Stellagen eines Ladens, die sich unter Seidenballen bogen in Farben, wie er sie nur aus der Natur kannte; von einem Freibeuter, der, auf eine Planke gebunden, seine Häscher auf dem Weg zum Galgen in drei Sprachen verfluchte; von einem Schlachter, der für sein verdorbenes Fleisch Prügel bezog; vom unheimlichen Klang von Kirchenchören, die durch einen verregneten Sonntag drifteten. Sie fand die Erzählungen von seinen Reisen aufregend, aber sie nährten auch ihre Vorstellung, dass die Welt dort draußen voller Unordnung und Gefahren war und dass nur er sie davor beschützen konnte. Dann und wann brachte er ihr eine ungelernte Hilfskraft mit, aber er brachte auch Geschenke: ein besseres Hackmesser, ein Steckenpferd für Patrician. Es dauerte einige Zeit, bis ihr auffiel, dass er immer weniger erzählte und immer mehr Geschenke brachte – Geschenke, die sie immer weniger brauchen konnte, die geradezu albern waren. Ein silbernes Teeservice, das sofort weggeräumt wurde; ein Nachttopf aus Porzellan, der an den Anforderungen des Alltags rasch zerschellte; eine reichverzierte Bürste für ihr Haar, das er doch nur im Bett zu sehen bekam. Ein Hütchen hier, ein Spitzenkragen dort. Sechs Ellen Seidenstoff. Rebekka verschluckte ihre Fragen und lächelte nur. Als sie ihn schließlich doch zur Rede stellte, woher denn das Geld für dies alles käme, sagte er: «Neue Abmachungen», und überreichte ihr einen in Silber gerahmten Spiegel. Sie hatte das Funkeln in seinen Augen bemerkt, wenn er solche Kostbarkeiten auspackte, die auf einer Farm völlig überflüssig waren, und so hätte sie den Tag kommen sehen können, an dem er Männer anheuerte, die ihm beim Roden eines weiten Waldstücks am Fuß eines Abhangs helfen sollten. Ein neues Haus wollte er dort errichten. Ein Haus, wie es nicht einem Farmer und nicht einmal einem Kaufmann geziemte, sondern nur einem Gutsherrn.

Wir sind einfache, rechtschaffene Leute, sagte sie sich, an einem Platz, an dem dieser Anspruch nicht nur ausreichte, sondern schmückte, fast schon Prahlerei war.

«Wir brauchen nicht noch ein Haus», sagte sie zu ihm. «Und ganz gewiss kein so großes.» Sie rasierte ihn und sprach, als sie fertig war.

«Es geht nicht ums Brauchen, Weib.»

«Worum dann, sprich.» Rebekka wischte die letzten Flocken Rasierschaum von der Klinge.

«Was ein Mann hinterlässt, zeigt, wer er ist.»

«Jacob, ein Mann ist nicht mehr, nicht weniger als sein guter Ruf.»

«Versteh mich.» Er nahm ihr das Tuch aus den Händen und wischte sich das Kinn ab. «Das Haus wird gebaut.»

Und so geschah es. Männer, Schubkarren, ein Schmied,

Holzbalken, Lotschnüre, Eimer voll Pech, Hämmer und schwere Gäule, von denen einer ihrer Tochter gegen den Kopf trat. Das Baufieber war so heftig, dass sie das wirkliche Fieber, das ihn ins Grab befördern sollte, übersah. Als er zusammenbrach, bekamen die Baptisten davon Wind, und keiner von der Farm durfte sich bei ihnen blicken lassen, vor allem nicht Sorrow. Die Bauarbeiter packten ihr Werkzeug auf die Pferde und zogen ab. Der Schmied war schon lange weg, sein eisernes Maßwerk glänzte wie eine Himmelspforte. Rebekka tat, was Jacob sie zu tun hieß: Sie rief die Frauen herbei, und gemeinsam mühten sie sich, ihn vom Bett herunterzuheben und auf eine Decke zu legen. Die ganze Zeit krächzte er: Eilt euch, eilt euch. Keine Kraft war mehr in seinen Muskeln, ihnen zu helfen, er war totes Gewicht, noch ehe er tot war. Sie schleppten ihn durch einen kalten Frühlingsregen, Röcke schleiften durch Schlamm, Tücher rissen, die Hauben auf ihren Köpfen wurden durchnässt bis auf die Haut. Am Portal gab es Probleme. Sie mussten ihn im Dreck ablegen und zu zweit einen Türflügel aus den Angeln heben, ehe sie den Riegel öffnen konnten. Als sein Gesicht vom Regen überströmt wurde, versuchte Rebekka, es mit ihrem eigenen Gesicht zu schirmen. Sie suchte den trockensten Zipfel ihres Unterrocks und tupfte ihn ab, vorsichtig, um die Pusteln nicht zu reizen. Endlich gelangten sie in die Eingangshalle und fanden ihm einen Platz fern von dem Regen, der durch die Fensterhöhlen hereinwehte. Rebekka beugte sich dicht über ihn und fragte, ob er einen Schluck Apfel-Cider wolle. Er bewegte die Lippen, aber die Antwort blieb aus. Seine Augen richteten sich auf etwas oder jemanden hinter ihrer Schulter und blieben so, bis sie sie schloss. Alle vier – sie selbst, Lina, Sorrow und Florens – setzten sich auf die Dielenbretter. Jede dachte vielleicht, dass die anderen weinten, und vielleicht waren es bei jeder Regentropfen auf den Wangen.

Rebekka glaubte nicht, dass sie angesteckt sein könnte. Niemand aus der Verwandtschaft ihrer Eltern war bei der Pestepidemie gestorben; sie prahlten damit, dass keine roten Kreuze an ihre Türen gepinselt worden waren, obwohl sie mit angesehen hatten, wie Hunderte und Aberhunderte von Hunden geschlachtet und ganze Ladungen von Leichen auf quietschenden Karren zu den Gemeindeangern geschafft worden waren.

So kam es ihr wie ein Witz vor, dass sie nach der Überfahrt in diese unberührte Welt, dieses frische, neue England, und der Heirat mit einem kerngesunden, kräftigen Mann, kaum dass er ihr plötzlich weggestorben war, nun selbst in ihrem Eiter lag, in einer vollkommen schönen Frühlingsnacht. Gut gemacht, Satan. Das hatte die Taschendiebin jedes Mal gesagt, wenn das Schiff sich aufbäumte und sie alle durcheinandergeworfen wurden.

«Du versündigst dich», rief Elizabeth dann immer.

«Weil's wahr ist», erwiderte Dorothea.

Sie geisterten jetzt an der Zimmertür oder knieten an ihrem Bett.

«Ich bin schon tot», sagte Judith. «Es ist gar nicht so schlimm.»

«Erzähl ihr keinen Mist. Es ist furchtbar.»

«Hör nicht auf die. Sie ist jetzt die Frau eines Pastors.»

«Möchtest du einen Schluck Tee?»

«Ich hab einen Seemann geheiratet, drum bin ich immer allein.»

«Sie bessert seine Heuer auf. Frag sie mal, wie.»

«Aber es gibt Gesetze, die das verbieten.»

«Klar, aber die Gesetze gäb's nicht, wenn's nicht was zu verbieten gäbe.»

«Hört mal, ich hab auch was zu erzählen. Ich hab da diesen Mann kennengelernt …»

Gerade so wie auf dem Schiff gingen ihre Stimmen wild durcheinander. Sie waren gekommen, um ihr Leiden zu lindern, aber wie alle jenseitigen Erscheinungen interessierten sie sich nur für sich selbst. Doch was sie zu erzählen und zu lästern hatten, ließ Rebekka an fremdem Leben teilhaben und lenkte sie ab. Genau das, dachte sie, war der eigentliche Wert von Hiobs leidigen Tröstern. Er lag da, zerbrochen um und um, verzweifelnd an aller Gerechtigkeit – sie aber erzählten nur von sich; und als es ihm noch schwärzer ging, erhielt er Antwort von Gott, der zu ihm sprach: Wer bist du, dass du mit dem Allmächtigen rechtest? Ich will dir ein paar Tipps geben, wer ich bin und was ich alles weiß. Für einen Augenblick muss Hiob sich nach den selbstverliebten Salbadereien der Menschen zurückgesehnt haben, die so verletzlich und so irregeleitet waren wie er. Aber dass er einen Blick auf den göttlichen Wissensschatz werfen durfte, war weniger wichtig als die Aufmerksamkeit, die der Herr ihm endlich zuteil werden ließ. Denn das, so schloss Rebekka, war das Einzige, was Hiob je wollte. Nicht einen Beweis für Seine Existenz – an der hatte er nie gezweifelt. Nicht einen Beweis für

Seine Macht – die nahmen die Menschen als gegeben hin. Er wollte einfach nur Seinen Blick auf sich lenken. Wollte nicht als würdig oder unwürdig beurteilt werden, sondern nur wahrgenommen als ein Teil des Lebens von Jenem, der das Leben gab und nahm. Es war kein Handel, nur ein Aufblitzen des Wunderbaren.

Allerdings war Hiob ein Mann. Und Unsichtbarkeit war etwas, das Männer nicht ertragen konnten. Welche Klage hätte ein weiblicher Hiob wohl vorzubringen gehabt? Und hätte sie es gewagt und der Herr hätte geruht, sie daran zu erinnern, wie schwach und unwissend sie war – was wäre daran neu gewesen? Was Hiob so schockierte, dass er Demut und Glauben wiederfand, war eine Botschaft, die Frauen von jeher und bis zum Erbrechen eingehämmert wurde. Nein, lieber ein falscher Trost als gar keiner, sagte sich Rebekka und hörte sich aufmerksam an, was ihre Schiffsgefährtinnen zu erzählen hatten.

«Mit dem Messer ist er auf mich losgegangen, überall Blut. Ich hab mein Mieder gepackt und nur gedacht: Nein, Mädchen, nur nicht ohnmächtig werden, ganz ruhig …»

Als die Frauen verschwammen, war es der Mond, der sie wie eine besorgte Freundin aus einem Himmel anstarrte, der wie der Stoff des Ballkleids einer feinen Dame war. Lina lag zu Füßen des Bettes am Boden und schnarchte leise. Irgendwann, aber schon lange vor Jacobs Tod, war die ungezähmte Weite, die sie einst so aufregend gefunden hatte, zu einer großen Leere geworden, einer beherrschenden und bedrückenden Abwesenheit. Sie lernte die Wirrungen des Einsamseins kennen: das Furchterregende von Farben, das Schreien der Stille, das Bedrohliche alltäglicher Gegenstände, die niemand berührte. Wenn Jacob nicht da war. Wenn weder Patrician noch Lina die Lücke füllten. Wenn die Wiedertäuferinnen aus der Nachbarschaft sie mit Gerede nervten, das nicht über ihren Gartenzaun hinaus oder gleich bis an den Himmel reichte. Verbohrt fand sie diese Frauen in ihrer Überzeugung, unschuldig zu sein und daher frei; ungefährdet, weil im sicheren Schoß ihrer Kirche; unbezwingbar, nur weil sie noch lebten. Ein neues Volk, geschöpft aus Gefäßen, die so alt waren wie die Welt. Kinder, anders gesagt, ohne die Freude oder die Neugier eines Kindes. Ihre Vorstellung, was Gott wohlgefällig sei, war noch enger als bei Rebekkas Eltern. Außer ihnen selbst (und ihren gleichgesinnten Nächsten) wurde niemand errettet. Die Möglichkeit der Bekehrung stand natürlich den meisten offen. Nur nicht den Kindern des Ham. Und nicht den Papisten und auch den Stämmen Judas nicht, denen die Erlösung ebenso verwehrt war wie den vielen anderen, die wissend im Irrglauben verharrten. Doch solche Ausnahmen und Ausschlüsse, vertraut von allen Religionen, kümmerten Rebekka wenig, sie hegte einen persönlicheren Groll gegen sie. Wegen der Kinder, die sie hatten. Jedes Mal, wenn eines ihrer eigenen Kinder starb, redete Rebekka sich ein, dass es die verweigerte Taufe war, die sie so aufwühlte. Aber in Wahrheit konnte sie es nicht ertragen, von ihren gesunden, ganz und gar nicht toten Kindern umgeben zu sein. Was sie empfand, war mehr als Neid, es war das Gefühl, dass jedes dieser rotbackigen, lachenden Bälger ihr das eigene Versagen spiegelte, ihre eigenen Kinder verhöhnte. Aber ohnehin taugten die Leute aus dem Dorf nicht zur Gesellschaft, und erst recht konnten sie nichts gegen die Einsamkeit ausrichten, die sie ohne Vorspiel überfiel und in ihre Bande schlug, wenn Jacob auf Reisen war. Sie mochte in einem Rettichbeet kauern und so flink, wie eine Kneipenwirtin Münzen zählte, Unkraut in ihre aufgespannte Schürze zupfen, das noch als Viehfutter zu brauchen war. Und wenn sie dann, umgeben von goldener Sonne, die Zipfel der Schürze zusammenraffte und aufstand, verstummten plötzlich alle die gewohnten Geräusche der Farm um sie her. Stille stülpte sich über sie wie Schneefall, umschloss ihren Kopf und ihre Schultern, weitete sich aus zu den windbewegten, aber lautlosen Blättern, verschluckte Kuhglockengeläut und das Hacken der Axt, mit der Lina ganz in der Nähe Brennholz spaltete. Blut schoss ihr ins Gesicht, und im nächsten Augenblick lief eine Gänsehaut über sie. Die Geräusche der Welt kehrten schließlich zurück, aber die Einsamkeit konnte sie noch tagelang umfangen. Bis mitten darin, hoch zu Ross, Jacob auftauchte und rief:

«Wo steckt denn mein Stern?»

«Hier im Norden», sagte sie dann, und er warf ihr einen Ballen buntbedruckten Stoffs vor die Füße oder reichte ihr ein Päckchen mit Nähnadeln herunter. Am schönsten war es aber, wenn er zu seiner Flöte griff und die Singvögel beschämte, die die Dämmerstunde gepachtet zu haben glaubten. Dann saß einer der noch lebenden Säuglinge auf ihrem Schoß, und Patrician hockte mit leuchtenden Augen und offenstehendem Mund auf dem Boden, während sein Spiel Rosengärten und Schäferinnen heraufbeschwor, wie keiner von ihnen sie je gesehen hatte oder je sehen würde. Wenn Jacob da war, wog die Last des isolierten, kirchenfernen Lebens leicht.

Einmal, als sie sich prall fühlte vor Zufriedenheit, konnte sie ihr weites Herz, ihr Gefühl eines überbordenden Wohlbefindens genügend zähmen, um Lina zu bedauern.

«Du hast niemals einen Mann gekannt, stimmt's?»

Sie saßen im Bach, Lina hielt das Baby und bespritzte seinen Rücken mit Wasser, um zu hören, wie es jauchzte. In der grillenden Hitze des Augusts hatten sie sich mit der Wäsche zu einer Stelle des Bachs zurückgezogen, die von Fliegenschwärmen und den lästigen Stechmücken gemieden wurde. Solange kein Kanu sehr dicht am Ufer vorbeikam, konnte sie hier niemand sehen. Patrician kniete nahe bei ihnen im Wasser und sah zu, wie ihre weite Hose sich in den Wellen wiegte. Rebekka saß in Unterwäsche da und ließ sich Hals und Arme vom Wasser umspülen. Lina war so nackt wie das Baby, das sie in den Armen hatte und immer wieder ins Wasser eintauchte. Sie beobachtete, wie die Haare des Kleinen der Strömung folgten, dann hob sie ihn über ihre Schulter und schaufelte Wassergüsse über seinen Rücken.

«Gekannt, Miss?»

«Du weißt, was ich meine, Lina.»

«Ich weiß.»

«Und?»

«Schau!», quiekte Patrician und streckte den Arm aus.

«Pssst», flüsterte Lina. «Du verscheuchst sie nur.» Aber es war zu spät. Die Füchsin und ihre Jungen stoben davon, um anderswo zu trinken.

«Und?», wiederholte Rebekka. «Hast du?»

«Ein Mal.»

«Ja?»

«Nicht gut. Nicht gut, Miss.»

«Warum das?»

«Ich gehe hinter ihm. Ich räume hinter ihm auf. Aber ich lasse mich nicht schlagen. Nein.»

Lina streckte das Kind seiner Mutter hin, stand auf und ging zu den Himbeersträuchern, an denen ihr Unterhemd hing. Wieder bekleidet, packte sie den Wäschekorb mit einem Arm und streckte die andere Hand Patrician hin.

Allein mit dem Baby, das mehr als jedes andere ihrer Kinder an seinem Vater hing, empfand Rebekka zum zweiten Mal an diesem Tag, wie glücklich sie es in ihrem Leben doch getroffen hatte. Dass Ehefrauen geschlagen wurden, war allgemeiner Brauch, das wusste sie, und die Einschränkungen – nicht nach neun Uhr abends, nur aus gutem Grund und nicht aus Wut – galten eben nur für Ehefrauen. War Linas Liebhaber ein Indigener gewesen? Wohl eher nicht. Ein reicher Mann? Oder ein einfacher Soldat oder Seemann? Rebekka hatte den Reichen im Verdacht, denn gutherzige Seeleute waren ihr bereits begegnet, während ihr die adelige Herrschaft bei ihrem kurzen Gastspiel als Küchenhilfe kaum mehr als die Kehrseite gezeigt hatte. Aber sie war noch nie geschlagen worden, außer von ihrer Mutter. Vierzehn Jahre nun, und sie wusste immer noch nicht, ob ihre Mum noch lebte. Einmal erhielt sie eine Nachricht von einem Kapitän, den Jacob kannte. Achtzehn Monate nachdem er beauftragt worden war, sich zu erkundigen, berichtete er, dass ihre Familie verzogen sei. Wohin hatte ihm niemand sagen können. Als sie aus dem Wasser aufstand und ihren Sohn in das warme Gras legte, um sich anzuziehen, überlegte Rebekka, wie ihre Mutter jetzt wohl aussehen mochte. Faltig, grau, gebeugt? Ob ihre scharfen, bleichen Augen noch immer diesen bohrenden Argwohn ausstrahlten, den Rebekka so hasste? Oder hatten Alter oder Krankheit sie besänftigt zu zahnlosem, gutmütigem Groll?

Ans Bett gefesselt, wie sie nun war, fand ihre Frage einen neuen Gegenstand: «Und ich? Wie sehe ich wohl aus? Was ist jetzt in meinen Augen zu sehen? Ein Schädel und gekreuzte Knochen? Zorn? Selbstaufgabe?» Sofort wollte sie ihn haben – den Spiegel, den Jacob ihr mitgebracht und den sie stillschweigend wieder eingewickelt und in ihrer Truhe verstaut hatte. Es dauerte eine Weile, Lina zu überzeugen, aber als sie sie endlich verstanden und ihr den Spiegel zwischen die Handflächen geschoben hatte, zuckte Rebekka zurück.

«Tut mir leid», murmelte sie. «Es tut mir so leid.» Ihre Augenbrauen waren nur noch Erinnerung, der rosige Schimmer ihrer Wangen hatte sich in glühend roten Pusteln verdichtet. Langsam tasteten ihre Blicke das Gesicht im Spiegel ab, mit sanfter Stimme bat sie um Vergebung. «Augen, liebe Augen, verzeiht mir. Nase, armer Mund. Du armer, süßer Mund, es tut mir leid. Glaub mir, Haut, ich bitte dich um Entschuldigung. Verzeih mir.»

Lina versuchte vergeblich, ihr den Spiegel zu entwinden, sie flehte: «Genug jetzt, Miss, genug.»

Rebekka weigerte sich, hielt den Spiegel fest umklammert.

Ach, sie war so glücklich gewesen. So gesund. Mit

Jacob im Haus, der vollauf mit den Plänen für seinen Neubau beschäftigt war. Die Abende, wenn er sich müde gearbeitet hatte und sie ihm den Schmutz aus den Haaren zupfte; die Morgenstunden, wenn sie ihm das Haar zusammenband. Sie liebte seinen unersättlichen Appetit, und wie stolz er auf ihre Kochkunst war. Der Schmied, der jedem außer ihr und Jacob Kopfschmerzen bereitete, war wie ein Anker, der dem Paar in unsicheren Gewässern Halt gab. Lina hatte Angst vor ihm, Sorrow war ihm hündisch ergeben. Und Florens, die arme Florens, war ihm rettungslos verfallen. Von den dreien konnte man es nur ihr zutrauen, sich zu ihm durchzuschlagen. Lina hätte sich rundheraus geweigert, einmal natürlich, weil sie ihre kranke Mistress nicht im Stich lassen wollte, vor allem aber, weil sie ihn verachtete. Die dumme, schwangere Sorrow hätte es nicht geschafft. Rebekka setzte ihre Hoffnung auf Florens, denn die war schlau und hatte einen guten Grund, ihn zu finden. Und Rebekka hatte auch viel für sie übrig, was nicht von Anfang an so gewesen war. Jacob war wohl davon ausgegangen, dass sie sich freuen würde, wenn er ihr ein Mädchen brachte, das ungefähr Patricians Alter hatte. Tatsächlich aber empfand sie es als beleidigend. Nichts konnte das Original ersetzen, und es sollte auch nicht ersetzt werden. So hatte sie kaum einen Blick für Florens übrig, als diese eintraf, und später kam sie kaum in die Verlegenheit, weil Lina das Kind in jeder Hinsicht unter ihre Fittiche nahm. Im Lauf der Zeit taute Rebekka auf, gewann an Gelassenheit, war zusehends amüsiert, wenn Florens begierig ihre Anerkennung suchte. «Gut gemacht.» «In Ordnung so.» Jedes freundliche

Wort, wie beiläufig auch immer, sog sie begierig auf wie ein durstiges kleines Tier. Jacob erzählte, die Mutter habe sie nicht brauchen können, woraus Rebekka schloss, dass es ihr genau deshalb so wichtig war zu gefallen. Genau deshalb lief sie auch so hinter dem Schmied her, ging immer wieder aus fadenscheinigen Gründen zu ihm und geriet in Panik, wenn sie ihm sein Essen nicht pünktlich bringen konnte. Jacob ließ sich weder von Linas finsteren Blicken noch von Florens' leuchtenden Augen beeindrucken. Der Schmied würde bald weiterziehen, sagte er, kein Grund, sich Sorgen zu machen. Außerdem sei er zu wertvoll, zu kunstreich, als dass man auf ihn verzichten könne, schon gar nicht wegen eines Mädchens, das sein Herz an ihn verloren hatte. Und natürlich hatte Jacob recht. Der Schmied wurde unschätzbar wertvoll, als er die darniederliegende Sorrow von ihrem Leiden, was immer es war, kurierte. Gebe Gott, dass er dieses Wunder zu wiederholen vermochte. Gebe Gott, dass Florens ihn dazu gewann. Sie hatten ihre Füße in gute, haltbare Stiefel gepackt, die Stiefel von Jacob. Sie hatten einen gefalteten Brief dazugesteckt, der ihren Auftrag erklärte und sie auswies. Und ihre Anweisungen für die Reise waren klar.

Es würde alles gut werden. War nicht auch die Schneedecke dahingeschmolzen, die ihr, wenn die Einsamkeit sie packte, als das Leichentuch ihres Kinderwunschs erschienen war? Hatte nicht auch Jacobs Ehrgeiz, es in der Welt zu etwas zu bringen, aufgehört, ihr Sorgen zu bereiten? Sie hatte sich zurechtgelegt, dass die Befriedigung, die das Anhäufen von Besitz verschaffte, nicht Gier war, dass sie nicht in den Besitztümern selbst lag, sondern im Weg dorthin. Was auch immer die Wahrheit war, wie getrieben er auch scheinen mochte, Jacob war da. War bei ihr. Atmete neben ihr im Bett, streckte die Hand nach ihr aus, sogar im Schlaf. Bis er plötzlich nicht mehr da war.

Hatten die Wiedertäufer recht? War Glück der Lockstoff des Satans, ein quälendes Trugbild? War ihre Liebe so minder, dass sie ein bloßer Köder sein konnte? Und ihr sturer Eigenwille in Glaubensdingen in Wahrheit Blasphemie? War das der Grund, warum auf dem Höhepunkt ihrer Zufriedenheit der Tod sich wieder umwandte nach ihr? War Lächeln der Weg? Ihre Reisegefährtinnen auf dem Schiff, so schien es ihr, hatten sich gut damit beholfen. Was das Leben ihnen auch hinwarf, vor welchen Schwierigkeiten sie auch standen, immer hatten sie, das wusste Rebekka von ihren Besuchen, die Umstände zu ihrem Vorteil zu wenden gewusst und ihrem Einfallsreichtum vertraut. Die Baptistinnen setzten ihr Vertrauen auf etwas anderes. Im Unterschied zu den Gefährtinnen vom Schiff forderten sie das Leben in seinem Wankelmut nicht heraus und richteten sich nicht darin ein. Im Gegenteil, sie forderten den Tod heraus. Forderten ihn heraus, sie auszulöschen, den Anschein zu erwecken, dieses irdische Leben wäre schon alles, und danach käme nichts, es gäbe keine Würdigung erlittenen Leids und erst recht keinen Ausgleich dafür. Was sinnleer war und dem Zufall unterworfen, das mieden sie. Was die Reisegefährtinnen auf- und anregend fanden, war den Frauen der Kirche ein Graus, und diese wie jene waren überzeugt, dass die jeweils anderen sich in tiefem, gefährlichem Irrtum befanden. Aber obwohl die einen mit den anderen keine einzige Überzeugung teilten, saßen sie in einer Hinsicht im gleichen Boot: was das Versprechen und die Drohung der Männer anging. Hier lagen, darin waren sie sich einig, sowohl Sicherheit wie Gefahr. Und alle hatten sich auf die eine oder andere Weise damit arrangiert. Manche, die, wie Lina, Errettung und Vernichtung am eigenen Leib erfahren hatten, zogen sich zurück. Manche, die, wie Sorrow, anscheinend nie von anderen Frauen eingeweiht worden waren, wurden zum Spielzeug. Manche, wie ihre Reisegefährtinnen, setzten sich zur Wehr. Andere, die Frommen, unterwarfen sich den Männern. Und einige wenige, wie sie selbst, verwandelten sich nach einem gemeinsamen Leben in gegenseitiger Liebe in Kinder, sobald der Mann gestorben war. Ohne die gesellschaftliche Stellung oder die Schulter eines Mannes, ohne Rückhalt bei einer Familie oder Wohlgesinnten stand eine Witwe praktisch außerhalb von Recht und Gesetz. Aber war das nicht richtig so? Adam zuerst, dann erst Eva, die sogleich, unsicher über ihre Rolle, zur ersten Gesetzesbrecherin wurde?

Den Wiedertäufern lag jede Unsicherheit in diesen Dingen fern. Adam war (wie Jacob) ein guter Mann, der aber (anders als Jacob) von seiner Gefährtin angestachelt und irregeleitet worden war. Sie wussten auch genau, dass es klare Regeln für schickliches Verhalten und tugendhaftes Denken gab. Abstufungen der Sünde, anders gesagt, und Völkerschaften zweiter Wahl. Indigene zum Beispiel oder Afrikaner konnten zwar der göttlichen Barmherzigkeit teilhaftig werden, aber nicht in Sein Himmelreich eingehen – ein Reich, das sie so genau kannten wie ihren eigenen Kräutergarten. Das Leben dort war mehr als eine Gottesgabe, es war ein Abenteuer. Kein Hosiannasingen rund um die Uhr in paradiesischen Gefilden aus Gold und Silber, sondern ein abwechslungsreiches neues Leben in schierer Vollkommenheit. Wie hatte die Frau, mit der sie in der Kirche gesprochen hatte, es doch beschrieben? Da gab es Musik und Festlichkeit, Picknicks und Erntefeiern, ausgelassene Spiele, es war ein Wirklichkeit gewordener Traum. Und wenn sie hienieden ein wirklich frommes, gottesfürchtiges Leben führte, dann würde der Herr in seiner Barmherzigkeit vielleicht auch ihre Kinder, selbst wenn sie für die Taufe durch Untertauchen zu jung gewesen waren, in Sein himmlisches Jerusalem einlassen. Was dort aber am schönsten war, war der Überfluss an Zeit. Zeit, um mit den Erretteten zu plaudern, mit ihnen zu lachen, vielleicht sogar die Eisenkufen unterzuschnallen und über zugefrorene Teiche zu gleiten, während am Ufer schon das Feuer knisterte, an dem man sich die Hände wärmen würde. Schellen klingelten an den Schlitten, und Kinder bauten Iglus oder trieben Reifen über Sommerwiesen, denn das Wetter war immer so, wie du es gerade brauchtest. Stell dir das vor. Denk drüber nach. Keine Krankheit mehr, kein Schmerz. Kein Altern und keinerlei Wehwehchen. Kein Verlust, kein Kummer, keine Tränen. Und natürlich kein Sterben mehr, und sollten auch die Sterne verglühen und der Mond zerfallen wie ein Leichnam unter Wasser.

Sie brauchte nur das Denken einzustellen und stattdessen zu glauben. Die trockene Zunge in Rebekkas Mund bewegte sich wie ein kleines Tier, das nicht wusste, wohin.

Und obwohl sie merkte, dass ihre Gedanken wild durcheinandergingen, war sie doch von deren Klarheit überzeugt. Dass sie und Jacob sich einst über solche Dinge austauschen und beraten konnten, machte seinen Verlust vollends unerträglich. Er war, in welcher Laune oder Verfassung auch immer, ein Gefährte im wahren Sinn des Wortes gewesen.

Jetzt, dachte sie, jetzt habe ich niemanden außer Dienstmägden. Der Gefährte in allen Fährnissen tot, begraben von den Frauen, die er zurückließ. Die Kinder nur noch rosige Wolken am Abendhimmel. Sorrow in Angst um ihre Zukunft, falls ich sterbe – verständlich bei diesem Schlichtgemüt, das gezeichnet war vom Leben auf einem Geisterschiff. Nur auf Lina war Verlass, die sich von keinem Unglück aus der Bahn werfen ließ, so als gäbe es nichts, was sie nicht schon erlebt und überlebt hatte. Zum Beispiel diesen überraschenden Schneesturm im zweiten Jahr, als Jacob weg war und sie, Lina und Patrician eingeschlossen und nach zwei Tagen kurz vorm Verhungern waren. Kein Weg und keine Straße war passierbar. Patrician lief schon blau an, trotz dieses erbärmlichen Feuers aus getrocknetem Mist, das in einer Vertiefung im festgestampften Boden vor sich hin kokelte. Es war Lina, die sich in Tierfelle hüllte, einen Korb und eine Axt packte und sich durch hüfthohe Schneewehen und alles Denken betäubenden Wind bis zum Fluss kämpfte. Sie schlug ein Loch ins Eis und holte genug Lachse heraus, um sie für eine ganze Weile zu sättigen. Sie griff sich so viele der geschwächten Fische, wie sie konnte, stopfte sie in den Korb und band den Henkel an ihrem Zopf fest, damit sie sich auf dem Rückweg nicht die Finger erfror.

Das war Lina. Oder war es Gott? In der Tiefe ihres Verlassenseins fragte sie sich, ob die Überfahrt in dieses Land, das Wegsterben ihrer Familie, ob nicht alle Stationen ihres Lebens nur Wegmarken auf dem Pfad zur Erleuchtung waren? Oder zur Verdammnis? Woran würde sie es merken? Und an wen sollte sie sich wenden, jetzt, da der Tod ihren Namen rief? An einen Schmied? An Florens?

Wie lange wird es dauern wird er da sein wird sie sich verirren wird sie überfallen werden wird sie wiederkommen wird er bei ihr sein und ist es nicht schon zu spät? Für die Erlösung.

Ich schlafe, dann weckt mich jeder Laut. Dann träume ich von Kirschbäumen, die auf mich zugelaufen kommen. Ich weiß, dass es ein Traum ist, weil sie voller Blätter und Früchte sind. Ich weiß nicht, was sie wollen. Mich anschauen? Mich berühren? Einer beugt sich zu mir herunter, und ich erwache mit einem kleinen Schrei im Mund. Nichts hat sich verändert. Die Bäume sind nicht schwer von Kirschen, und sie sind mir auch nicht näher. Ich beruhige mich. Das ist ein besserer Traum als eine minha mãe, die mit ihrem kleinen Jungen vor mir steht. In diesen Träumen will sie mir immer etwas sagen. Sie reißt die Augen auf, und ihr Mund geht auf und zu. Ich schaue dann weg. Mein nächster Schlaf ist tief.

Nicht der Gesang der Vögel, sondern das Licht der Sonne weckt mich. Der Schnee ist ganz verschwunden. Mich zu erleichtern ist nicht einfach. Dann gehe ich los, nach Norden, glaube ich, aber es kann auch Westen dabei sein. Nein, nach Norden, bis ich dorthin komme, wo das Dickicht mich nicht durchlässt, ohne nach mir zu greifen und sich an mir festzuklammern. Brombeersträucher breiten sich weit zwischen jungen Bäumen aus und reichen mir bis an den Bauch. Ich schiebe mich durch und durch, und es dauert lange, aber es ist gut, denn plötzlich öffnet sich vor mir ein weites Grasland, das grell ist vor lauter Sonne und nach Feuer riecht. Es ist ein Ort, der noch weiß, dass man ihn niedergebrannt hat. Neues Gras wächst unter meinen Füßen, tief, dicht und weich wie die Wolle vom Lamm. Ich bücke mich, um hineinzufassen, und mir fällt wieder ein, wie gerne Lina mir durch die Haare fährt. Sie muss immer lachen dabei und sagt, sie merkt daran, dass ich in Wahrheit ein Lamm bin. Und was bist du, frage ich. Ein Pferd, antwortet sie und schleudert ihre Mähne hoch. Stundenlang laufe ich in diesem sonnigen Feld, der Durst so laut im Kopf, dass mir schwindelig ist. Dahinter sehe ich dünnen Wald aus Birke und Apfel, das Licht darin ist grün von jungen Blättern. Überall unterhalten sich Vögel. Ich will schnell hin, weil dort vielleicht Wasser ist. Aber ich bleibe stehen. Ich höre Hufschlag. Aus dem Wald heraus kommen mit Getrappel Reiter auf mich zu. Alles Männer, *natives*, alle noch jung. Manche sehen jünger aus als ich. Keiner hat einen Sattel auf seinem Pferd. Keiner. Ich staune darüber und auch über ihre leuchtende Haut, aber gleichzeitig habe ich Angst. Sie lenken die Pferde dicht zu mir her, sie umringen mich, sie lächeln. Ich zittere. Sie tragen weiche Schuhe, aber ihre Pferde haben keine Eisen, und das Haar ist bei den Pferden und bei den jungen Männern lang und frei wie bei Lina. Sie sagen Wörter, die ich nicht kenne, und lachen. Einer steckt sich die Finger in den Mund und macht rein, raus, rein, raus. Die anderen lachen lauter, er auch. Dann legt er den Kopf zurück und reißt den Mund weit auf und führt den Daumen an die Lippen. Ich sinke vor lauter Furcht und Elend auf die Knie. Er steigt ab und kommt her zu mir. Ich kann den Duft seiner Haare riechen. Seine Augen sind mandelförmig, nicht groß und rund wie bei Lina. Er grinst, während er einen Beutel losmacht, der an einer Schnur vor seiner Brust hängt. Er hält ihn mir hin, aber ich zittere zu viel, um ihn zu greifen, und so nimmt er selbst einen Schluck daraus, ehe er ihn mir nochmal anbietet. Ich will ihn haben, ich sterbe dafür, aber ich kann mich nicht bewegen. Ich schaffe es gerade, meinen Mund weit aufzumachen. Er tritt heran und gießt Wasser hinein, so viel, wie ich schlucken kann. Einer von den anderen sagt bähbähbäh wie eine kleine Ziege, und alle lachen und schlagen sich auf die Schenkel. Der, der mir zu trinken gibt, macht seinen Wassersack wieder zu, und sobald er sieht, wie ich mir das Kinn abwische, hängt er ihn sich wieder über die Schulter. Dann greift er in einen Gürtel, der ihm um die Hüften hängt, und zieht einen dunklen Streifen heraus. Er gibt ihn mir und macht Kaubewegungen dazu. Der Streifen sieht wie Leder aus, aber ich nehme ihn. Kaum habe ich das getan, rennt er los und springt auf sein Pferd. Ich erschrecke mich. Kannst du das glauben. Er rennt durch das Gras und fliegt hoch, und schon sitzt er auf dem Pferderücken. Ich kneife die Augen zu, und schon sind alle verschwunden. Wo sie gerade noch sind, ist nichts mehr. Nur Apfelbäume, die endlich knospen wollen, und ein Echo von lachenden jungen Burschen.

Ich lege den dunklen Streifen auf meine Zunge, und ich habe recht. Es ist Leder. Aber sehr salzig und scharf, und deinem Mädchen tut es sehr gut.

Wieder wende ich mich nordwärts und folge durch den Wald in sicherem Abstand den Hufspuren der Reiter. Es ist warm und wird immer wärmer. Aber die Erde bleibt feucht von kühlem Tau. Ich zwinge mich zu vergessen, wie wir auf feuchtem Boden liegen, und denke stattdessen an Glühwürmchen in hohem, trockenem Gras. Es stehen so viele Sterne am Himmel, dass es wie Tag ist. Du legst deine Hand über meinen Mund, damit niemand hört, wie mein Vergnügen die Hühner aus dem Schlaf aufscheucht. Leise, nur leise. Keiner darf es wissen, aber Lina weiß. Sei auf der Hut, sagt sie. Wir liegen in Hängematten. Ich komme gerade von dir, wund vor Sünde und gierig nach mehr. Ich frage sie, wie sie das meint. Sie sagt, in diesem Haus lebt nur eine Närrin, und sie ist es nicht, also sei auf der Hut. Ich bin zu schläfrig für eine Antwort, und ich will auch nicht. Ich denke lieber an die Stelle an deinem Unterkiefer, wo der Hals auf Knochen stößt, eine kleine Mulde, tief genug für die Zungenspitze, aber nicht größer als ein Wachtelei. Ich versinke schon im Schlaf, da höre ich sie sagen: Rum, ich hab mir eingeredet, es war Rum. Nur Rum beim ersten Mal, denn niemals würde ein Mann mit seiner Bildung und seiner Stellung in der Stadt sich in nüchternem Zustand so unehrenhaft verhalten. Ich verstehe, sagt sie damit, ich verstehe dich, und ich verstehe, dass Geheimhaltung geboten ist, und wenn er ins Haus kommt, werde ich ihm niemals in die Augen schauen. Ich schaue nur auf den Strohhalm in seinem Mund, sagt sie damit, oder auf den Stock, den er in die Flügel des Tors steckt zum Zeichen, dass wir uns in der Nacht treffen. Meine Schläfrigkeit verlässt mich. Ich setze mich auf und lasse die Beine über den Rand der Hängematte baumeln. Die Seile schwingen und singen. Es liegt etwas in Linas Stimme, das mir einen Stich versetzt. Etwas Altes. Etwas, das wehtut. Ich sehe sie an. Die strahlenden Sterne, der leuchtende Mond, beides genügt, um ihr Gesicht zu erkennen, aber nicht um zu erkennen, was ihr Gesicht zeigt. Ihr Zopf ist offen, Haarsträhnen hängen durch das Netz der Hängematte. Sie sagt, sie hat keinen Clan an ihrer Seite und einen Europäer zum Herrn. Sie sagt, beim zweiten Mal und auch beim nächsten ist kein Rum im Spiel, wohl aber, wenn ihm im Zorn die flache Hand ausrutscht, weil sie Lampenöl auf seine Hose verschüttet oder er einen winzigen Wurm im Eintopf findet. Dann kommt der Tag, da er die Faust benutzt und dann sogar die Peitsche. Die spanische Münze ist verlorengegangen, durch eine schadhafte Stelle an der Tasche ihres Kittels, und sie taucht nicht wieder auf. Er kann das nicht verzeihen. Ich bin schon vierzehn und sollte es besser wissen, sagt sie. Und jetzt, sagt sie, jetzt weiß ich es. Sie erzählt mir, wie das ist, wenn man durch die Gassen geht und sich dabei mit den Fingern Blut von der Nase wischt und stolpert, weil die Augen zugeschwollen sind. Die Leute denken, sie ist im Rausch wie so viele *natives*, und sie sagen ihr auch so. Die Presbyterianer starren ihr Gesicht und die Blutwischer an ihren Kleidern an und sagen nichts. Sie gehen zum Drucker und bieten sie zum Kauf an. Sie darf nicht mehr zu ihnen ins Haus und muss wochenlang schlafen, wo sie gerade etwas findet, und aus dem Trog essen, den sie ihr draußen auf die Veranda stellen. Wie ein Hund, sagt sie. Wie ein Hund. Dann wird sie vom Sir gekauft, aber vorher schleicht sie noch einmal weg und dreht zwei Hühnern den Hals um und steckt die Köpfe in die Schuhe ihres Liebhabers. Jeder Schritt, den er von nun an tut, wird ihn seinem endgültigen Verderben näher bringen.

Hör mir zu, sagt sie. Als ich so alt bin wie du, ist das Fleisch mein einziger Hunger. Aber Männer haben zwei Arten von Hunger. Der Schnabel, der füttert, will auch beißen. Lass mich hören, sagt sie, wie wird es sein, wenn seine Arbeit hier getan ist? Ich frage mich, sagt sie, ob er dich mit sich nehmen wird?

Ich frage mich das nicht. Damals nicht, nie. Ich weiß, du kannst mich nicht wegstehlen und nicht wegnehmen zur Frau. Beides ist gegen das Gesetz. Aber ich weiß, dass ich welke, als du gehst, und wieder aufblühe, als mich die Mistress nach dir schickt. Zu einem Botengang aufbrechen ist etwas anderes als weglaufen.

An solche Sachen zu denken lässt mich laufen, statt mich auf dem Boden auszustrecken und mir Schlaf zu gönnen. Mächtig müde bin ich und sehne mich nach Wasser.

Ich komme in eine Gegend, wo zwischen den Bäumen grasende Kühe stehen. Wenn Kühe im Wald sind, ist eine Farm oder ein Dorf nicht weit. Weder der Sir noch die Mistress lassen ihre wenigen Tiere so frei weiden. Sie bauen Zäune um die Wiesen, weil sie den Mist aufsammeln und sich nicht mit Nachbarn streiten wollen. Die Mistress sagt, der Sir sagt, dass es bald aus ist mit dem Weiden auf der Wiese, und deshalb hat er seine anderen Geschäfte, denn in dieser Gegend macht eine Farm nicht satt. Die schwarzen Fliegen allein können jede Hoffnung töten, wenn die wildernden Tiere es nicht längst getan haben. Farmen leben oder sterben, je nach den Lüsten der Insekten oder den Launen des Wetters.

Ich sehe eine Wegspur und folge ihr. Sie führt zu einer schmalen Brücke, neben der ein Mühlrad in einen Fluss taucht. Das Knarzen des Rads und das Rauschen des Wassers sind die Grenzen der Stille. Hennen schlafen, und Hunde haben Verbot. Ich eile zum Ufer hinunter und schlürfe direkt aus dem Fluss. Das Wasser schmeckt wie Kerzenwachs. Ich spucke die Strohfetzen aus, die bei jedem Schluck dabei sind, und steige wieder hinauf zum Weg. Ich brauche einen Schlafplatz. Die Sonne macht sich fertig zum Untergehen. Ich sehe zwei Hütten. Beide haben Fenster, aber dahinter leuchtet kein Licht. Es gibt noch mehr Hütten, die wie kleine Scheunen aussehen und nur durch die Türen Licht erhalten. Alle Türen sind zu, in der Luft ist kein Geruch nach Kochfeuer. Es sieht aus, als wären die Menschen weg von hier. Dann entdecke ich auf einem Hügel hinter dem Dorf einen winzigen Kirchturm und bin sicher, dass die Leute beim Abendgebet sind. Ich beschließe, an der Tür des größten Hauses zu klopfen, in dem es sicher eine Magd gibt. Als ich darauf zugehe, schaue ich über die Schulter und sehe weiter hinten ein Licht. Es ist das einzige Haus im Dorf, wo eine Lampe brennt, und so richte ich meine Schritte dorthin. Bei jedem spüre ich Steine unter den Füßen, die den Siegellack schmerzhaft in die Sohle drücken. Regen setzt ein, sanft. Er sollte einen süßen Duft haben, wie die Platanen, durch die er gekommen ist, aber er riecht verbrannt, wie Federstoppeln, die man sengt, ehe das Huhn im Kochtopf landet.

Ich klopfe, und sofort macht eine Frau die Tür auf. Sie ist viel größer als die Mistress oder Lina und hat grüne Augen. Der Rest von ihr besteht aus einem braunen Kittel und einer weißen Haube, gerahmt von rotem Haar. Sie ist misstrauisch und hebt die Hand, streckt mir abwehrend die Handfläche entgegen, als wollte ich mir gewaltsam Zutritt verschaffen. Auf wessen Geheiß kommst du zu mir?, fragt sie. Ich sage: Bitte. Ich sage: Auf kein Geheiß. Ich bin allein. Die Suche nach einem Dach führt mich her. Ihr Blick sucht hinter mir und links und rechts, und sie fragt, ob ich keinen Beschützer, keinen Begleiter habe. Nein, Madam, sage ich. Sie kneift die Augen zusammen und fragt, ob ich von dieser Welt bin oder von einer anderen. Ihr Gesicht ist aus Stein. Ich sage, von dieser Welt, Madam, ich kenne keine andere. Christlich oder heidnisch, fragt sie. Niemals heidnisch, sage ich. Obwohl ich höre, dass mein Vater es vielleicht ist, sage ich. Wo bringt er seine Tage zu?, fragt sie. Der Regen wird immer stärker. Hunger schüttelt mich. Ich sage, dass ich ihn nicht kenne, und meine Mutter ist tot. Ihr Gesicht wird milde, und sie nickt und sagt: Komm rein, du Waisenkind.

Sie nennt mir ihren Namen, Witwe Ealing, aber fragt mich nicht nach meinem. Du musst mich verstehen, sagt sie, hier lauern Gefahren. Was für Gefahren, frage ich. Das Böse, sagt sie, aber du brauchst nichts zu fürchten.

Ich versuche, langsam zu essen, was mir misslingt. Ich tunke hartes Brot in köstlichen, warmen Gerstenbrei und hebe den Kopf nur, um danke zu sagen, wenn sie meine Schüssel nachfüllt. Daneben legt sie mir eine Handvoll

Rosinen hin. Wir sind in einem ziemlich großen Raum mit Kamin, Tisch, Stühlen und zwei Schlafgelegenheiten, einem richtigen Bett und einer Decke auf dem Fußboden. Zwei geschlossene Türen führen in andere Räume, in einer schrankartigen Nische stehen Krüge und Schüsseln. Als der gröbste Hunger gestillt ist, bemerke ich ein Mädchen, das auf dem aufgeschütteten Stroh im Bett liegt. Unter dem Kopf hat sie eine zusammengerollte Decke. Eines ihrer Augen schaut weg, das andere blickt so stangengerade und unverwandt wie das Auge einer Wölfin. Beide sind kohlenschwarz, ganz anders als bei der Witwe. Ich finde, ich sollte nicht das erste Wort sagen, also esse ich weiter und warte, dass das Mädchen oder die Witwe zu sprechen beginnt. Am Fuß des Bettes steht ein Korb. Drin liegt ein kleines Kind, das zu krank ist, um den Kopf zu heben oder irgendeinen Laut von sich zu geben. Als ich bis zur letzten Rosine alles aufgegessen habe, fragt mich die Witwe, warum ich alleine unterwegs bin. Ich erzähle, dass meine Mistress mich als Botin ausgeschickt hat. Sie lässt die Lippen sinken und sagt, es muss sehr wichtig sein, wenn eine Frau solcher Gefahr für Leib und Leben ausgesetzt wird, hier in diesem Landstrich. Meine Mistress liegt im Sterben, sage ich. Mein Botendienst kann sie retten. Die Witwe zieht die Augenbrauen hoch und blickt zur Feuerstelle. Nicht vor dem ersten Tod, sagt sie. Vielleicht vor dem zweiten.

Ich verstehe nicht, was sie meint. Ich weiß, dass es nur einen Tod gibt, nicht zwei und noch viele Leben dahinter. Erinnerst du dich an die Eulen bei Tagesanbruch? Wir wissen sofort, um wen es sich handelt. Du weißt, die helle ist dein Vater. Ich glaube, ich weiß jetzt, wer die anderen sein könnten.

Das Mädchen im Stroh richtet sich auf einem Ellenbogen auf. Dies sei der Tod, den zu sterben wir gekommen sind, sagt sie. Ihre Stimme ist so tief wie bei einem Mann, obwohl sie ungefähr so alt aussieht wie ich. Witwe Ealing erwidert nichts, und ich will nicht mehr in diese Augen schauen. Das Mädchen spricht abermals. Keine Hiebe, sagt sie, können daran noch schaffen, mag auch mein Fleisch in Fetzen von mir hängen. Darauf erhebt sie sich und hinkt zum Tisch, wo die Lampe brennt. Sie reckt die Hüfte auswärts und hebt den Rock. Ich sehe dunkles Blut über ihre Beine abwärtsperlen. Das Licht, das über ihre bleiche Haut strömt, lässt die Wunden leuchten wie lebendige Juwelen.

Das ist meine Tochter Jane, sagt die Witwe. Diese Striemen können ihr das Leben retten.

Es ist spät, sagt Witwe Ealing. Sie werden nicht vor dem Morgen kommen. Sie schließt die Fensterläden, pustet die Flamme aus und kniet neben der Schlafdecke nieder. Tochter Jane kehrt zu ihrem Strohbett zurück. Die Witwe flüstert ein Gebet. Es ist dunkler hier drin als im Kuhstall, finsterer als im tiefsten Wald. Kein Mondlicht sickert durch den geringsten Spalt. Ich liege in der Nähe des kranken Kindes und der Feuerstelle, und mein Schlaf wird von den Stimmen in Stücke gebrochen. Lange herrscht Schweigen, dann reden sie wieder. Wer spricht, erkenne ich nicht nur an der Richtung, aus der das Geräusch kommt, sondern auch, weil die Wörter von Witwe Ealing ganz anders klingen als bei ihrer Tochter. Mehr wie gesungen. Daher weiß ich, dass Tochter Jane sagt, wie kann ich beweisen, dass ich kein Dämon bin und dass es die Witwe ist, die pssst sagt, darüber werden *sie* befinden. Schweigen. Schweigen. Dann geht das Reden wieder hin und her. Es ist der Weidegrund, nach dem sie lüsten, Mutter. Warum dann nicht nach mir? Du kommst vielleicht an nächster Stelle. Mindestens zwei sagen, dass sie den Schwarzen Mann gesehen haben und dass er … Witwe Ealing unterbricht sich und sagt für eine Weile nichts mehr, und dann sagt sie: Kommt erst der neue Tag, werden wir wissen. Sie werden mich dulden in dieser Welt, sagt Tochter Jane. Ihre Worte folgen schnell aufeinander. Das Wissen gehört ihnen, aber die Wahrheit gehört mir; die Wahrheit gehört nur Gott; wie kann dann ein Sterblicher über mich richten; du redest wie ein Spanier; hör mir doch zu, hör mir zu; schweig still, damit Er dein Reden nicht hört; Er wird mich nicht im Stich lassen; genauso wenig ich; und doch hast du mein Fleisch blutig gemacht; wie oft musst du das noch hören, Dämonen bluten nicht.

Du sagst mir das niemals, und es ist gut, das zu wissen. Wenn meine Mutter nicht tot ist, kann sie mich solche Dinge lehren.

Ich glaube, ich bin die Einzige, die einschläft, und als ich erwache, muss ich mich schämen, weil draußen schon das Vieh brüllt. Das kleine Kind lässt leises Rabäh hören, als die Witwe es in den Arm und mit hinausnimmt, um ihm die Brust zu geben. Als sie zurückkommt, klappt sie an beiden Fenstern die Läden auf und lässt die Tür weit offen stehen. Zwei Gänse watscheln herein, gefolgt von einer stolzierenden Henne. Eine zweite kommt durch ein Fenster geflattert und schließt sich der Suche nach Fressbarem an. Ich bitte darum, an das Nachtgeschirr zu dürfen, das sich hinter einem Vorhang aus Hanf befindet. Als ich fertig bin und wieder herauskomme, sehe ich Tochter Jane, wie sie beide Hände gegen das Gesicht presst, während die Witwe die Wunden an den Beinen auffrischt. Neue blutige Striemen glitzern zwischen den verschorften. Eine Ziege kommt herein und geht zu dem aufgeschütteten Stroh und knabbert und knabbert, während Tochter Jane wimmert. Sobald die Witwe ihre blutige Arbeit zu ihrer Zufriedenheit abgeschlossen hat, schiebt sie die Ziege wieder zur Tür hinaus.

Als wir am Tisch sitzen, wo ein Frühstück aus gestockter Sauermilch und Brot auf uns wartet, legen die Witwe und Tochter Jane die Handflächen aneinander, senken die Köpfe und murmeln. Ich tue es ihnen gleich und flüstere das Gebet, das mir der ehrwürdige Vater für morgens und abends beigebracht und das meine Mutter mit mir eingeübt hat. Pater noster … Am Ende führe ich die Hand an die Stirn und sehe gerade noch, wie Tochter Jane die Augenbrauen zusammenzieht. Sie schüttelt den Kopf und meint, nicht, nicht. Schnell tue ich so, als würde ich meine Haube geraderichten. Die Witwe löffelt Marmelade über die Sauermilch, und sie und ich essen davon. Tochter Jane will nichts haben, und so essen wir auf, was sie verschmäht. Danach geht die Witwe zur Feuerstelle und schwingt den Kessel über die Flammen. Ich trage die Schüsseln und Löffel vom Tisch in die Nische, wo auf einer schmalen Bank ein Wasserbottich steht. Sorgfältig spüle und trockne ich die Teile. Die Luft ist zum Schneiden. Im Kessel über dem Feuer steigt das Wasser auf und kocht. Ich wende mich um und sehe, wie der Dampf sich am Stein entlangkräuselt und dabei Gestalten bildet. Eine davon sieht aus wie der Kopf eines Hundes.

Wir alle hören die Schritte, die über den Pfad heraufkommen. Ich bin noch in der Nische beschäftigt und kann nicht sehen, wer hereinkommt, aber ich höre das Reden. Die Witwe bietet dem Besuch Stühle an. Sie verzichten. Eine Männerstimme sagt, dies ist nicht das letzte Wort, aber es gibt etliche Zeugen. Witwe Ealing unterbricht ihn, sie sagt, das Auge ihrer Tochter ist so schief, wie Gott es gemacht hat, und über besondere Kräfte verfügt es nicht. Und seht nur, sagt sie, seht euch ihre Wunden an. Der Gottessohn blutet. Wir bluten. Dämonen niemals.

Ich trete in den Raum. Da stehen ein Mann, drei Frauen und ein kleines Mädchen, das mich an mich selbst erinnert, zu der Zeit, als meine Mutter mich wegschickt. Ich denke gerade, wie lieb die Kleine aussieht, als sie zu schreien anfängt und sich hinter den Röcken von einer der Frauen versteckt. Dann drehen sich alle um und schauen mich an. Den Frauen bleibt die Luft weg. Der Gehstock des Mannes poltert zu Boden und lässt die Henne, die noch im Raum ist, aufflattern und gackern. Der Mann hebt seinen Stock auf, richtet ihn auf mich und fragt: Wer ist das? Eine der Frauen bedeckt ihre Augen und sagt, Herr steh uns bei. Das kleine Mädchen wimmert und schaukelt hin und her. Die Witwe wedelt mit beiden Händen und sagt: Sie ist ein Gast, sie hat ein Dach für die Nacht gesucht. Wir haben sie aufgenommen, wie denn nicht, und ihr zu essen gegeben. Für welche Nacht, fragt der Mann. Für die vergangene, antwortet sie. Eine der Frauen spricht und sagt: Niemals habe ich ein so schwarzes Menschenwesen gesehen. Ich schon, sagt eine der anderen, die hier ist geradeso schwarz wie die, die ich schon gesehen habe. Sie ist afrik. Afrik und noch viel mehr, sagt die dritte. Seht euch nur dieses Kind an, sagt die erste Frau. Sie deutet auf das kleine Mädchen, das zitternd und wimmernd neben ihr steht. Hört nur. Hört nur. Dann ist es wahr, sagt eine andere. Der Schwarze Mann ist unter uns, und sie ist seine Botin. Das kleine Mädchen ist untröstlich. Die Frau, an deren Röcke es sich klammert, führt es nach draußen, wo es sich gleich beruhigt. Ich verstehe gar nichts, außer dass ich in Gefahr bin, was schon der Hundekopf zeigt, und dass mir nur die Mistress helfen kann. Ich rufe: Wartet! Ich rufe: Bitte, Sir! Ich glaube, ihnen fährt Schreck ein, weil ich reden kann. Lasst mich meinen Brief vorzeigen, sage ich ruhiger. Er beweist, dass niemand mich Botin nennen darf außer meiner Mistress. So schnell ich kann, zerre ich mir den Stiefel vom Fuß und rolle den Strumpf hinab. Die Frauen machen die Münder rund, der Mann wendet sich erst ab und schaut dann vorsichtig wieder her. Ich ziehe den Brief der Mistress heraus und halte ihn hin, aber niemand wagt es, ihn zu berühren. Der Mann weist mich, ihn auf den Tisch zu legen, aber er scheut sich, das Siegel zu erbrechen. Er sagt der Witwe, sie soll das machen. Mit ihren Fingernägeln kratzt sie am Siegellack. Als er wegbricht, faltet sie das Papier auseinander. Es ist so dick, dass es nicht flach liegen bleibt. Alle, auch Tochter Jane, die eigens aus dem Bett steigt, starren auf die kopfstehenden Zeichen, und es ist klar, dass nur der

Mann lesen kann. Mit der Spitze seines Gehstocks dreht er das Blatt herum und hält es fest, als könne der Brief davonfliegen oder vor seinen Augen und ohne Flamme zu Asche zerfallen. Er beugt sich darüber und sieht ihn sich genau an. Schließlich nimmt er ihn in die Hand und liest laut vor.

> *Die diesendig Unterschriebene, Mistress Rebekka Vaark von Milton, steht Bürg für die Weibsperson, die diesen Brief vorweist. Sie ist mein leibeigenes Gesind und zu kennen an einem Brandmal auf der Innenseiten ihrer linken Hand. Man gewähre ihr den Vorzug sicheren Geleits und schaffe ihr alles bey, dessen sie zur Erfüllung ihres Auftrags bedarf. Unser Leben, mein Leben auf dieser Erde, hängt ab von ihrer raschen Heimkunft.*
>
> *Gegeben von Eigener Hand*
> *Rebekka Vaark, Mistress auf Milton,*
> *d. 18ten Mai, 1690*

Außer einem kleinen Laut von Tochter Jane herrscht Schweigen. Der Mann blickt mich an, blickt wieder auf den Brief, blickt wieder auf mich, wieder auf den Brief. Und wieder auf mich und wieder auf den Brief. Da seht Ihr's, sagt die Witwe. Er beachtet sie nicht und wendet sich zu zweien der Frauen um und flüstert. Sie weisen mich zu einer Tür, hinter der sich eine Abstellkammer befindet, und dort, zwischen Transportkisten und einem Spinnrad, sagen sie mir, ich soll meine Kleider ausziehen. Ohne mich anzufassen, sagen sie mir, was ich tun soll. Ich soll ihnen meine Zähne zeigen, meine Zunge. Sie runzeln die Stirn über die Stelle in meiner Handfläche, wo mich die Kerze verbrannt hat und wo du mich zur Kühlung geküsst hast. Sie schauen unter meine Arme und zwischen meine Beine. Sie umkreisen mich, sie bücken sich, um meine Füße zu begutachten. Nackt ihrer Prüfung ausgeliefert, lese ich, was ihre Augen sagen. Ich sehe nicht Hass, nicht Angst, nicht Ekel, sondern dass sie meinen Leib von so weit weg anschauen, dass sie nichts erkennen. Schweine sehen mich mit mehr Anteilnahme an, wenn sie ihre Köpfe vom Futtertrog heben. Die Frauen meiden es, mir in die Augen zu schauen, genau wie du es mir bei den Bären rätst, damit sie nicht kommen und gut Freund sein und spielen wollen. Schließlich sagen sie, ich soll mich wieder anziehen, und gehen aus der Kammer und schließen hinter sich die Tür. Ich lege meine Kleider wieder an. Ich höre das Hin und Her der Stimmen. Das kleine Mädchen ist auch wieder da, es schluchzt nicht mehr, aber es sagt, ich hab Angst, ich hab Angst. Eine Frauenstimme fragt: Würde der Leibhaftige einen Brief schreiben? Kein Lug und Trug ist Luzifer fremd, sagt eine andere. Aber hier steht das Leben einer Frau auf dem Spiel, sagt die Witwe, wen soll der Herr da bestrafen? Dröhnend fällt die Männerstimme ein. Wir werden den Fall unseren Brüdern vortragen, sagt er. Wir werden ihn prüfen, wir werden beratschlagen und beten und mit unserer Antwort zurückkehren. Es scheint nicht klar zu sein, ob ich nun die Botin des Schwarzen Mannes bin oder nicht. Ich trete in den Raum, und das kleine Mädchen kreischt und fuchtelt mit den Armen. Die Frauen gehen dazwischen und drängen hinaus. Der Mann sagt, ich soll das Haus nicht verlassen. Er nimmt den Brief mit. Die Witwe folgt ihm ein Stück den Weg hinunter und fleht und fleht.

Dann kommt die Witwe zurück und sagt, dass sie mehr Zeit brauchen, um alles unter sich zu besprechen. Sie hat Hoffnung, wegen dem Brief. Tochter Jane lacht. Witwe Ealing kniet hin zum Beten. Sie betet lange, und dann steht sie auf und sagt: Ich muss jemanden aufsuchen. Ich brauche ihn als Zeugen und als Helfer.

Wen?, fragt Tochter Jane.

Den Sheriff, sagt die Witwe.

Sie geht, und hinter ihrem Rücken zieht Tochter Jane eine Schnute.

Mir ist bodenlos vor Angst, während ich zusehe, wie Tochter Jane sich um die Striemen an ihren Beinen kümmert. Die Sonne steht hoch, und die Witwe kommt noch immer nicht zurück. Wir warten. Nach und nach sinkt die Sonne tiefer. Tochter Jane kocht Enteneier, und als sie kühl geworden sind, wickelt sie sie in ein Stück Tuch. Sie legt eine Decke zusammen und gibt sie mir und macht mit einem Finger Zeichen, dass ich ihr folgen soll. Wir verlassen das Haus, huschen außen herum zur Rückseite. Alle Sorten Geflügel rennen und flattern vor unseren Füßen davon. Wir laufen durch die Viehweiden. Die Geiß dreht sich nach uns um, aber der Ziegenbock nicht. Ein schlechtes Zeichen. Zwischen den Zaunlatten schlüpfen wir hindurch und verschwinden im Wald. Jetzt gehen wir langsam und leise, Tochter Jane vorneweg. Die Sonne leert ihr letztes Licht aus, gießt die Reste in die Schatten der Bäume. Vögel und kleine Tiere fressen und geben Laut.

Wir kommen zu einem Fluss, der größtenteils ausgetrocknet und teils schlammig ist. Tochter Jane gibt mir das Tuch mit den Eiern. Sie erklärt mir, wie ich gehen soll, wie ich zu dem Pfad komme, der zu der Poststraße führt, die mich zu dem Dorf führt, wo ich dich zu finden hoffe. Ich sage danke und will ihre Hand zu einem Kuss an meine Lippen heben. Sie sagt nein, ich muss dir danken. Sie sehen dich, und darüber vergessen sie mich. Sie küsst mich auf die Stirn und schaut mir nach, als ich in das trockene Flussbett hinuntersteige. Ich drehe mich um und blicke zu ihr hoch. Bist du ein Dämon?, frage ich sie. Ihr irrendes Auge ist fest. Sie lächelt. Ja, sagt sie. Aber ja. Geh jetzt.

Ich wandere einsam, aber da sind Augen, die mir auf meinem Weg folgen. Augen, die mich nicht erkennen, Augen, die einen Schweif an mir suchen, zusätzliche Zitzen, die Peitsche eines Mannes zwischen meinen Beinen. Fragende Augen, die mich mustern, um zu sehen, ob mein Nabel an der rechten Stelle ist, wenn die Knie sich nach hinten winkeln, wie die Vorderbeine eines Hundes. Sie wollen sehen, ob meine Zunge sich spaltet wie bei einer Schlange oder ob meine Zähne spitz sind, um sich in ihr Fleisch zu schlagen. Sie wollen wissen, ob ich sie aus dem Dunkel anspringen und beißen kann. In mir drin werde ich immer kleiner. Unter Bäumen, die mich beobachten, steige ich aus dem Flussbett und weiß, dass ich nicht mehr die Gleiche bin. Bei jedem Schritt, den ich mache, wird etwas weniger in mir. Ich spüre, wie es davonrinnt. Etwas Kostbares verlässt mich. Ich bin ein Ding in Stücken. Mit dem Brief weiß ich, wo ich hingehöre, und bin mit dem Gesetz. Ohne ihn bin ich ein von seiner Herde verlassenes Kälbchen, eine Schildkröte ohne Panzer, eine Botin ohne eine andere Botschaft als die Dunkelheit, mit der ich geboren bin, nicht nur außen, nein, sondern auch innen, und das innere Dunkel ist klein und gefiedert und hat Zähne. Ob meine Mutter davon weiß? Ob sie deshalb entschieden hat, ohne mich zu sein? Nicht wegen des äußeren Dunkels, das wir teilen, minha mãe und ich, sondern wegen des inneren, das uns nicht gemein ist. Gehört dieses Dahinsterben nur mir allein? Ist das fiederige Ding mit Klauen das einzige Leben in mir? Du wirst es mir sagen. Du hast das äußere Dunkel wie ich. Und wenn ich dich sehe und mich in dich fallen lasse, weiß ich, dass ich am Leben bin. Plötzlich ist nichts mehr wie vorher, als noch die Angst über mich herrschte. Jetzt fürchte ich mich vor gar nichts. Der Lauf der Sonne lässt die Dunkelheit hinter sich, und das Dunkel bin ich. Sind wir. Ist meine Heimat.

Es machte ihr nichts aus, wenn man sie Sorrow nannte, solange Zwilling bei ihrem echten Namen blieb. Es hätte leicht zu Verwirrung kommen können. Manchmal war es die Hausfrau, die sie brauchte, oder der Holzfäller oder einer der Söhne rief nach ihr; dann wieder wollte Zwilling, dass sie ihr Gesellschaft leistete und sich mit ihr unterhielt oder spazieren ging oder spielte. Zwei Namen zu haben war praktisch, weil Zwilling außer ihr selbst niemand sehen konnte. Wenn sie also beim Wäscheschrubben war oder Gänse hütete und den Namen hörte, den der Käptn verwendet hatte, wusste sie, dass es Zwilling war. Rief aber irgendeine Stimme «Sorrow», war ihr gleich klar, was folgen würde. Da war es angenehmer, wenn an der Tür der Sägemühle oder dicht bei ihrem Ohr Zwillings Stimme erklang. Dann ließ sie jegliche Arbeit stehen und liegen und folgte dem Ruf ihres zweiten Ichs.

Gefunden hatten sie einander unter der Hängematte des Wundarztes in dem ausgeplünderten Schiff. Alle anderen waren verschwunden oder ertrunken, und ihr hätte das Gleiche blühen können, wäre sie nicht im Krankenrevier in einem tiefen Opiumschlaf gelegen. Die Eiterbeulen an ihrem Hals sollten aufgeschnitten werden, und sie trank das Gebräu, von dem der Wundarzt sagte, es würde ihr den Schmerz nehmen. Als das Schiff dann strandete, merkte sie nichts davon, und sollten Matrosen oder Passagiere der Ermordung entgangen und entkommen sein, so bekam sie auch davon nichts mit. Sie wusste nur noch, dass sie nach einem Sturz aus der Hängematte am Boden aufgewacht und ganz allein gewesen war. Ihr Vater, der Käptn, nirgends in Sicht.

Ehe sie in die Sägemühle kam, hatte Sorrow niemals auf festem Land gelebt. Jetzt kamen ihr die Erinnerungen an das Schiff – das einzige Zuhause, das sie kannte – so gestohlen vor wie die Ladung im Schiffsbauch: Ballen von Stoffen, Kästen voll Opium, Kisten voll Schießpulver, Pferde und Fässer voller Melasse. Selbst die Gedächtnisspur des Käptns war schemenhaft. Nachdem sie nach Überlebenden und Essbarem gesucht, ausgelaufene Melasse mit Hilfe der Finger von den Decksplanken geschleckt und nächtelang dem kalten Wind und dem Wellenschlag der See gelauscht hatte, gesellte sich Zwilling unter der Hängematte zu ihr, und seit diesem Augenblick waren sie unzertrennlich. Zu zweit rutschten sie über den umgestürzten Mastbaum an Land und begannen, die felsige Küste zu erkunden. Die Brocken von totem Fisch, die sie aßen, vergrößerten nur ihren Durst, der ihnen wieder verging, als sie zwei Tote sahen, die in der Brandung herumgeworfen wurden. So aufgedunsen waren die Leichen und so lebhaft die Bewegungen, dass sie alle Vorsicht vergaßen und von den Felsen weg in die Lagune hineinwateten, gerade als die Flut hereinkam. Gemeinsam wurden sie ins tiefe Wasser hinausgezogen, gemeinsam strampelten sie, so lange sie konnten, bis die Kälte ihnen den Sinn vernebelte und sie nicht mehr landwärts, sondern zum Horizont hinausschwammen. Was ihr Glück war, denn sie gelangten in eine Gegenströmung, die sie geradewegs ans Ufer und in eine Flussmündung hineintrieb.

Sorrow erwachte nackt unter einer Decke, mit einem warmen, feuchten Tuch über der Stirn. Der Geruch frischer Sägespäne war überwältigend. Eine Frau mit weißem Haar musterte sie.

«Was für ein Anblick», sagte die Frau und schüttelte den Kopf. «Was für einen traurigen Anblick du bietest. Aber stark scheinst du mir doch, stark genug für eine Magd.» Sie zog die Decke bis zum Kinn der Angespülten hoch. «Nach deinen Kleidern hatten wir dich für einen Jungen gehalten. Na, immerhin bist du nicht tot.»

Das war eine gute Nachricht, denn Sorrow hatte sich für tot gehalten, bis Zwilling am Fuß der Pritsche erschienen war, grinsend, mit ihrem Gesicht in den Händen. Getröstet, schlief Sorrow wieder ein, unbeschwert jetzt, da sich Zwilling an sie schmiegte.

Am nächsten Morgen erwachte sie vom Gesang der Sägen und einem noch stärkeren Duft frischer Späne. Die Frau des Holzfällers kam mit einem Männerhemd und einer Kniebundhose in Knabengröße herein.

«Das muss für den Augenblick genügen», sagte sie. «Ich werde dir etwas Passenderes nähen müssen, denn hier im Dorf gibt es nichts zu borgen. Und du wirst für eine ganze Weile ohne Schuhe auskommen müssen.»

Benommen und wackelig auf den Beinen, zog Sorrow

sich die trockenen Knabenkleider an und ging den Essensgerüchen nach, die ihr in die Nase stiegen. Nachdem sie ein üppiges Frühstück bekommen hatte, war sie wach genug, etwas zu sagen, aber nicht, sich an irgendetwas zu erinnern. Als sie nach ihrem Namen gefragt wurde, flüsterte Zwilling NEIN, und so zuckte sie die Achseln und fand, dass diese Geste auch für die anderen Fakten passte, an die sie sich nicht erinnern konnte oder wollte.

Wo wohnst du?

Auf dem Schiff.

Ja, aber doch nicht immer.

Immer.

Wo ist deine Familie?

Hochgezogene Schultern.

Wer war sonst noch auf dem Schiff?

Möwen.

Ich meine Menschen, Mädel …

Achselzucken.

Wer war der Kapitän?

Achselzucken.

Und wie bist du an Land gekommen?

Nixen. Ich meine, Wale.

In diesem Augenblick gab die Frau des Hauses ihr den Namen Sorrow. Am nächsten Tag gab sie ihr einen Kittel aus Sackleinen und eine saubere Haube, die ihre unglaubliche und etwas unheimliche Haarpracht bändigen sollte, und wies sie an, die Gänse zu hüten. Ihnen Körner hinzustreuen, sie zur Tränke zu treiben und aufzupassen, dass keine davonwatschelte. Sorrows nackte Füße hatten mit der quälenden Erdenschwere des festen Landes zu kämpfen. Sie stolperte und strauchelte so häufig, dass an jenem ersten Tag am Teich das Chaos ausbrach, als ein Hund zwei junge Gänse angriff und es eine Ewigkeit dauerte, bis die Herde wieder versammelt war. Sie versuchte sich noch ein paar weitere Tage am Gänsehüten, bis die Frau des Hauses die Hände über dem Kopf zusammenschlug und ihr einfache Putzarbeiten anvertraute – von denen keine einzige zur Zufriedenheit erledigt wurde. Aber das Vergnügen, eine unfähige Dienstmagd tadeln zu können, wog schwerer als die Genugtuung angesichts eines gut erfüllten Auftrags, und so erboste sich die Frau des Hauses mit Lust über nicht gefegte Ecken, schlecht entfachte Feuer, ungenügend geschrubbte Töpfe, nachlässig gejätetes Unkraut und grob gerupftes Geflügel. Sorrow konzentrierte sich auf die Mahlzeiten und kultivierte die Kunst kleiner Fluchten, die sie für Spaziergänge mit Zwilling oder Spielpausen während oder statt ihrer Aufgaben nutzte. Gelegentlich hatte sie außer Zwilling auch andere, heimliche Gesellschaft, die sie aber nicht besser fand als die von Zwilling, die ihr Bollwerk, ihr Zeitvertreib, ihre Wegweiserin war.

Die Frau des Hauses sagte ihr, es sei der monatliche Blutfluss, unter dem alle Frauen zu leiden hätten, und Sorrow glaubte ihr bis zum nächsten Monat und dem übernächsten und noch dem darauffolgenden, in dem er aber ausblieb. Sie redete mit Zwilling darüber, sie beratschlagten, ob es sich nicht statt dem, was ihr erzählt worden war, um etwas anderes handeln konnte, um eine Folge der Dinge, die sich hinter dem Bretterstapel abspielten, in Anwesenheit der beiden Brüder. Denn der Schmerz war nicht innen, wo er nach Aussage der Frau des Hauses etwas ganz Natürliches sein sollte, sondern weiter außen, zwischen ihren Beinen. Und er war noch nicht vergangen, als der Holzfäller den Sir bat, sie mitzunehmen, weil seine Frau sie nicht behalten wolle.

«Wo ist sie?», fragte der Sir, worauf Sorrow in die Sägemühle gerufen wurde.

«Wie alt?»

Als der Holzfäller den Kopf schüttelte, ergriff Sorrow das Wort. «Ich glaube, elf Jahre hab ich jetzt.»

Der Sir brummte.

«Macht Euch nichts aus dem Namen», sagte der Holzfäller. «Ihr könnt sie nennen, wie Ihr nur wollt. Meine Frau nennt sie Sorrow, weil sie ausgesetzt worden ist. Wie Ihr seht, ist sie mischblütig. Aber egal, arbeiten wird sie ohne Widerrede.»

Sorrow sah, dass er bei diesen Worten ein Grinsen unterdrückte.

Hinter dem Sattel des Sirs ritt sie viele Meilen weit, und sie machten unterwegs nur eine Pause. Sie saß zum ersten Mal breitbeinig auf einem Pferd, und es brannte so, dass ihr die Tränen kamen. Sie schwankte hin und her, hüpfte auf und nieder, klammerte sich am Umhang des Sirs fest, und schließlich musste sie sich übergeben. Der Sir zügelte das Pferd, hob sie herunter und gönnte ihr einen Augenblick der Ruhe, während er sich mit einem Huflattichblatt die Kotze abwischte. Sie nahm den Wassersack, den er ihr anbot, aber der erste Schluck kam sofort wieder hoch, vermischt mit dem Rest ihres Mageninhalts.

«Sorrow, das passt», murmelte der Sir.

Sie war heilfroh, als sie in die Nähe seiner Farm kamen und sie vom Pferd herunter und den Rest der Strecke laufen konnte. Er drehte sich alle paar hundert Fuß nach ihr um, um sich zu vergewissern, dass sie nicht gestürzt oder ihr nicht wieder schlecht geworden war.

Zwilling lächelte und klatschte in die Hände, als sie die Farm zu Gesicht bekamen. Während des ganzen Ritts auf dem Pferd hinter dem Rücken des Sirs hatte Sorrow mit einer Angst um sich geblickt, die noch größer gewesen wäre, hätte sie außer den Schmerzen nicht auch an Übelkeit gelitten. Meilenweit ragten Schierlingstannen wie schwarze Schiffsmasten über ihr auf, und später ritten sie im tiefen Schatten von Pechkiefern, deren Stämme so dick waren wie das Pferd lang und deren Wipfel, die doch das Himmelsdach durchbohren sollten, sie beim besten Willen nicht zu Gesicht bekam. Dann und wann stand ein mächtiges, fellbedecktes Wesen am Wegrand und beobachtete, wie sie vorüberritten. Einmal kreuzte ein Elch ihren Weg, und der Sir musste das Pferd herumreißen und dann viermal in die richtige Richtung zurückzwingen, ehe es weitergehen wollte. So hätte der Stein, der ihr und Zwilling vom Herzen fiel, nicht größer sein können, als sie dem Pferd des Sirs auf eine sonnensatte Lichtung folgten und das Geschnatter von Enten hörten. Im Gegensatz zur Frau des Holzfällers hatten sowohl die Mistress wie auch Lina kleine und von jeder Krümmung freie Nasen; die Haut der Mistress war wie das Weiße vom Ei, die Haut Linas wie das Braun der Eierschalen. Ehe von Essen oder Ausruhen oder sonst etwas die Rede war, bestand Lina darauf, dass Sorrows Haar gewaschen wurde. Nicht nur die

Zweige und Strohschnitzel, die sich unter der Haube verfangen hatten, bereiteten ihr Kummer, nein, sie fürchtete Läuse. Das war eine Sorge, die Sorrow verblüffte, hielt sie doch Läuse genau wie Zecken, Flöhe oder all die anderen Kostgänger des Körpers für zwar lästig, aber nicht gefährlich. Lina war anderer Meinung und schrubbte das Mädchen nach dem Haarewaschen noch zweimal von Kopf bis Fuß ab, ehe es ins Haus durfte. Dann drehte sie Sorrows Kopf nach links und nach rechts und reichte ihr ein mit Salz eingeriebenes Tuch zum Zähneputzen.

Der Sir, der Patrician an der Hand hielt, kündigte an, dass sie bei Nacht ins Haus gesperrt bleiben sollte. Als die Mistress nach dem Grund fragte, sagte er: «Es heißt, dass sie sich rumtreibt.»

In der Kühle jener ersten Nacht wälzte Sorrow sich auf einer raschelnden Matte dicht bei der Feuerstelle und schlief und wachte, schlief und wachte und wurde immer wieder von Zwillings Stimme eingelullt, welche die Tausendschaft der über die Wellen wandernden Menschen beschrieb, die wortlos sangen. Wie ihre Zähne heller leuchteten als die Schaumkronen unter ihren Füßen. Wie, als der Himmel dunkel wurde und der Mond aufstieg, die Umrisse ihrer nachtschwarzen Haut silbrig schimmerten. Wie der Geruch nach Land, reif und erdig, die Mienen der Matrosen aufhellte und die Meereswanderer zum Weinen brachte. Gesänftigt von der Stimme Zwillings und dem Tierfett, mit dem Lina ihren Unterleib eingerieben hatte, sank Sorrow in den ersten erholsamen Schlaf seit Monaten.

Und doch würgte sie an jenem ersten Morgen das

Frühstück ebenso schnell wieder heraus, wie sie es verzehrt hatte. Die Mistress brühte ihr aus Schafgarbe einen Tee auf und schickte sie zur Arbeit in den Gemüsegarten. Beim Auflesen der letzten Rüben konnte sie den Sir hören, der auf einem weitentfernten Feld Steine brach. Patrician hockte am Rand der Beete, biss von einem gelben Apfel ab und beobachtete sie. Sorrow winkte ihr zu, Patrician winkte zurück. Sofort tauchte Lina auf und scheuchte das kleine Mädchen weg. Von da an war es Zwilling, wenn auch nicht Sorrow, klar, dass Lina das Sagen hatte und alles regelte, worum der Sir und die Mistress sich nicht kümmerten. Sie sah alles, auch wenn sie selbst nicht zu sehen war. Vor dem ersten Hahnenschrei stand sie auf, schlüpfte im Dunkeln ins Haus, stupste die schlafende Sorrow mit der Spitze eines Mokassins an und entfachte aus der Glut des Vortags ein neues Feuer. Bis es brannte, sah sie die Körbe durch und blickte unter den Deckel jedes Krugs. Sie prüft die Vorräte, dachte Sorrow. Nein, sagte Zwilling, sie sieht nach, ob du dir heimlich was zu essen genommen hast.

Lina redete kaum mit ihr, sagte nicht einmal «guten Morgen» und sprach sie nur an, wenn es wirklich wichtig war. So war es auch sie, von der Sorrow erfuhr, dass sie schwanger war. Lina hatte ihr einen Korb voll Hirse aus der Hand genommen, ihr pfeilgerade in die Augen geblickt und gesagt: «Weißt du, dass du ein Kind trägst, Kind?»

Sorrow fiel die Kinnlade herunter. Dann errötete sie vor Freude über die Vorstellung, dass ein echter Mensch, ein Mensch von ihrem Fleisch und Blut, in ihr heranwuchs.

«Was soll ich tun?», fragte sie.

Lina starrte sie nur an, stemmte den Korb gegen ihre Hüfte und ging weg. Ob auch die Mistress Bescheid wusste, ließ sie nie durchblicken, vielleicht weil sie selbst schwanger war. Sorrows Niederkunft kam so früh, dass das Kind, so erklärte ihr Lina, keine Überlebenschance hatte, aber die Mistress wurde von einem feisten Knaben entbunden, der bei allen frischen Mut weckte – jedenfalls sechs Monate lang. Sie legten ihn zu seinem Bruder am Fuß des Hügels hinter dem Haus und sprachen Gebete. Obwohl Sorrow gesehen zu haben glaubte, wie ihr Neugeborenes nach Luft schnappte, wickelte Lina es in ein Stück Sackleinen ein und übergab es den Fluten, wo der Fluss am breitesten war, weit unterhalb des Biberdamms. Einen Namen hatte es nicht bekommen. Sorrow weinte, aber Zwilling sagte, sie solle nicht weinen. «Ich bin immer bei dir», sagte sie. Das war ein gewisser Trost, aber trotzdem dauerte es Jahre, bis Sorrow weniger häufig daran dachte, wie ihr Baby wohl unter Linas Handfläche Wasser eingeatmet hatte. Da sie sonst niemanden hatte, mit dem sie reden konnte, stützte sie sich immer stärker auf Zwilling. Mit ihr an der Seite fehlte es ihr nie an Freundschaft und Ansprache. Auch wenn sie zum Schlafen ins Haus gesperrt wurde, gab es immer Geschichten, die sie sich erzählen ließ, und tagsüber konnten sie sich gemeinsam zu einem Spaziergang oder zum Herumtollen im Wald davonstehlen. Sie fanden auch Kirschen, und vom Pastor gab es Walnüsse. Aber sie durfte sich nicht verplappern. Einmal brachte er ihr ein Halstuch, das sie um ein paar Steine herumwickelte und in den Fluss warf, weil sie genau wusste, dass solcher Aufputz Lina verärgern und die Mistress argwöhnisch machen musste. Und obwohl der Mistress ein weiterer kleiner Junge wegstarb, blieb Patrician gesund. Für eine Weile schien Lina überzeugt zu sein, dass der Tod der Buben nicht von Sorrow verursacht worden war, doch als ein Pferd Patricians Schädel zerschmetterte, änderte sie ihre Meinung.

Dann kam Florens.

Dann kam der Schmied. Zweimal.

Als Florens in jenem harten Winter auftauchte, lächelte Sorrow, weil sie neugierig war und sich über einen Neuankömmling freute, und sie wollte gleich hin zu ihr, nur um einen der dicken Zöpfe des jungen Mädchens zu berühren. Aber Zwilling stellte sich ihr in den Weg, war ganz dicht vor Sorrows Gesicht und rief: «Tu's nicht! Tu's nicht!» Sorrow kannte ihre Eifersucht und wandte ihr Gesicht schnell ab, aber es war zu spät. Lina hatte bereits ihr Halstuch gelöst und dem Mädchen um die Schultern gelegt, und dann hob sie die Kleine hoch und trug sie in den Kuhstall. Von diesem Augenblick an gehörte das Mädchen zu Lina. Sie schliefen zusammen, sie aßen zusammen, sie badeten zusammen. Lina nähte ihr Kleider und machte kleine Schuhe aus Kaninchenfell. Und wann immer Sorrow auch nur in die Nähe kam, rief Lina «hau ab», oder sie schickte sie zu irgendeiner Arbeit, die dringend erledigt werden musste. Und immer sorgte sie dafür, dass alle das Misstrauen mitbekamen, das in ihren Augen funkelte. Sorrow wusste noch genau, wie diese Augen schmal wurden, wie es in ihnen blitzte, wenn der Sir sie für die Nacht ins Haus holte. Und obwohl Lina ihr bei der Entbindung geholfen hatte, vergaß Sorrow nie, dass ihr Kind Wasser atmen musste, an jedem Tag, in jeder Nacht, stromabwärts durch alle Flüsse der Welt. Als sie nun von dem Neuankömmling ebenso ferngehalten wurde wie vorher von Patrician, verhielt Sorrow sich auch weiterhin wie vorher – mit undurchdringlicher Gleichgültigkeit allen gegenüber mit Ausnahme von Zwilling.

Erst Jahre später, als der Schmied kam, änderte sich das Klima auf der Farm. Für immer. Zwilling fiel es zuerst auf, sie meinte, Lina fürchte sich vor dem Schmied und versuche die Mistress vor ihm zu warnen, aber vergeblich. Die Mistress hatte für die Warnung kein Ohr. Zu glücklich war sie, um auf der Hut zu sein, denn der Sir ging nicht mehr auf Reisen. Er war immer da, arbeitete an dem neuen Haus, kümmerte sich um Lieferungen, legte mit Schnüren rechte Winkel und beriet sich ausgiebig mit dem Schmied über die Gestaltung des Tors. Lina in Angst, die Mistress schnurrend vor Zufriedenheit, der Sir in Hochstimmung. Natürlich war Florens unter allen die Verwirrteste.

Weder Sorrow noch Zwilling waren sich ganz darüber klargeworden, was sie von dem Schmied halten sollten. Er schien in sich zu ruhen, schien nicht zu merken, was er bewirkte. War er die Gefahr, die Lina in ihm sah, oder steckte hinter ihren Befürchtungen nur Eifersucht? War er der ideale Partner für das Bauvorhaben des Sirs oder ein Fluch für Florens, der ihre Offenheit in Heimlichtuerei verwandelte? Sie waren sich darüber noch nicht einig, als Sorrow, die gerade mit einem Eimer Wasser vom Fluss zurückkam, kurz vor der Baustelle fiebrig und schlotternd zusammenbrach. Es war pures Glück, dass der Schmied im gleichen Augenblick zur Stelle war und sie stürzen sah. Er hob sie auf und bettete sie auf die Pritsche, auf der er schlief. Sorrows Gesicht und Arme waren angeschwollen. Der Schmied berührte die Beulen an ihrem Hals, dann rief er etwas. Der Sir steckte seinen Kopf aus der Tür, und Florens kam angerannt. Auch die Mistress kam, und der Schmied fragte nach Essig. Lina ging welchen holen, und als sie ihn brachte, übergoss er Sorrows Eiterbeulen und die Haut an Gesicht und Armen damit, wobei sie sich vor Schmerzen wand. Während die Frauen nach Luft schnappten und der Sir die Stirn runzelte, erhitzte der Schmied ein Messer, mit dem er eines der Geschwulste aufschnitt. Schweigend verfolgten sie, wie er Tropfen von Sorrows eigenem Blut zwischen ihre Lippen träufelte. Allen war es lieber, sie nicht im Haus zu haben, und so lag Sorrow den ganzen Tag, die ganze Nacht vor Hitze vergehend und ohne trinken oder essen zu dürfen in einer Hängematte, während die Frauen sich dabei abwechselten, ihr Kühlung zuzufächeln. Der ständige Lufthauch beschwor den Wind in den Segeln herauf und den Käptn, die Ruderpinne in der Hand. Sie hörte ihn, noch ehe sie ihn sah. Hörte ihn lachen, laut und heiser. Nein, nicht lachen. Er schrie. Genau wie die anderen. Die Schreie kamen von fern, schrill und leise, von jenseits der weißen Wolken, die sie umgaben. Auch Pferde waren da. Trommelnde Hufe. Aus ihrem Verlies befreit, sprangen sie über Getreidesäcke und traten gegen Fässer, bis die Dauben brachen und dicke, süße Schwärze herausquoll. Sorrow aber konnte sich nicht rühren, konnte nicht durch die Wolken brechen. Sie schob, sie drängte, sie fiel zu Boden, während die Wolken ihr ganzes Ich zudeckten und einhüllten, bis sie überzeugt war, die Schreie stammten von Möwen. Als sie wieder zu sich kam, wurde sie von Augen begrüßt, die in Form und Farbe den ihren glichen. Die quellenden Wolken, jetzt nur noch dünne Streifen, trieben davon.

«Ich bin da», sagte das Mädchen, dessen Gesicht ganz genauso aussah wie das ihre. «Ich bin immer da.»

Mit Zwilling an ihrer Seite schwand ihre Furcht, und sie begannen, gemeinsam das totenstille, mit Schlagseite daliegende Schiff zu durchsuchen. Sehr langsam. Sie spähten dort, sie lauschten da, sie fanden nichts außer einem Kopfschmuck und Möwen, die an den Überresten eines Fohlens zerrten.

Unter dem wedelnden Fächer in Schweiß gebadet, erinnerte Sorrow sich, wie sie auf dem Schiff Tag um Tag gefroren hatte. Außer einem eisigen Wind war nichts in Bewegung. Achtern lag das Meer, vor dem Bug ein steiniger Strand unter einem felsigen, mit Buschwerk bestandenen Kliff. Sorrow hatte noch nie einen Fuß an Land gesetzt, und ihr graute bei der Vorstellung, die Planken mit festem Boden zu vertauschen. Er war ihr so fremd, wie es der Ozean für Schafe sein musste. Zwilling machte den Schritt möglich. Als sie hinunterstiegen, war der Erdboden – so hart, gemein, fest und hasserfüllt – ein Schock für sie. In diesem Augenblick verstand sie die Entscheidung des Käptns, sie an Bord leben zu lassen. Er hatte sie nicht als Tochter aufgezogen, sondern als künftiges Mitglied der Mannschaft. Verdreckt, in Hosen, ungebärdig und gehorsam zugleich und mit einer wichtigen Fähigkeit: Segeltuch nähen und ausbessern zu können.

Die Mistress und Lina stritten mit dem Schmied darüber, ob man Sorrow zum Essen oder Trinken zwingen solle, aber der Schmied bestimmte, dass sie nichts bekommen durfte. Sie kuschten, weil sie von seiner Blut-und-Messer-Therapie wie gelähmt waren. Sie durften ihr nur Kühlung zufächeln und die Eiterbeulen mit Essig begießen. Am Ende des dritten Tages ließ Sorrows Fieber nach, und sie bettelte um Wasser. Der Schmied stützte ihren Kopf, während sie an einer Kalebasse nippte. Als sie den Blick hob, sah sie Zwilling, die in den Ästen über der Hängematte saß und lächelte. Es dauerte nicht lange, bis Sorrow sagte, sie habe Hunger. Nach und nach ließen die Fürsorge des Schmieds und Florens' Pflege die Eiterbeulen austrocknen und die Schwellungen schrumpfen, und Sorrow kam wieder zu Kräften. Jetzt waren alle einer Meinung: Der Schmied war ein Retter in der Not. Nur Lina zeigte immer hässlichere Seiten in ihrem Bemühen, Florens von der Kranken und ihrem Heiler fernzuhalten. Sie habe dieses Leiden schon als Kind gesehen, murmelte sie, und es würde sich wie Schimmel auf sie alle ausbreiten. Aber sie verlor den Kampf mit Florens. Während Sorrow sich erholte, wurde Florens von einer anderen Krankheit niedergestreckt, die viel länger dauerte und bei weitem lebensbedrohlicher war.

Sorrow lag gerade am Waldrand im Gras und ließ sich von Zwilling eine ihrer Lieblingsgeschichten erzählen, in der eine Schule von Fischmädchen mit Perlen als Augen und schwarzgrünen Locken aus Seetanghaar sich auf den Rücken eines Schwarms von Walen reitend ein Wettrennen lieferte, als sie zum ersten Mal sah, wie der Schmied und Florens sich ineinander verschlangen. Zwilling war gerade bei der Stelle, wo die Seevögel, angelockt von den wie Sternschnuppen hinter dem Schwarm aufleuchtenden Schaumkronen, an dem Rennen teilzunehmen begannen, als Sorrow einen Finger an ihre Lippen legte und mit einem anderen deutete. Zwilling verstummte und schaute. Florens und der Schmied schaukelten hin und her, und anders als die weiblichen Tiere der Farm, die in Hitze waren, hielt sie unter dem Gewicht und Druck ihres männlichen Partners nicht still. Was Sorrow dort drüben im Gras unter einem Walnussbaum sah, war nicht die stumme Duldung, die sie von langwierigen Begegnungen hinter dem Holzstapel oder hastigen in der Kirchenbank kannte. Dieses weibliche Wesen hier streckte sich, verrenkte die Beine, warf den Kopf nach links und rechts, nach vorn und hinten. Es war ein Tanzen. Florens wand sich und rollte herum, hatte ihren Rücken erst unten, dann oben. Er stemmte sie hoch gegen den Baumstamm, sie vergrub ihren Kopf an seiner Schulter. Ein Tanzen. Eben noch in der Waagrechten, in der nächsten Minute zwischen oben und unten.

Sorrow sah zu, bis es vorüber war; bis sie, taumelnd wie ermattete Alte, sich wieder ankleideten. Das Ende war, dass der Schmied Florens bei den Haaren packte und ihren Kopf nach hinten zog, um seinen Mund auf ihren zu drücken. Dann gingen sie davon, in verschiedene Richtungen. Sorrow war verblüfft, das zu sehen. Bei keiner der Begegnungen, die ihr widerfahren waren, hatte sie jemals jemand auf den Mund geküsst. Bei keiner.

Nachdem der Sir begraben und auch die Mistress erkrankt war, lag es nahe, dass nach dem Schmied geschickt wurde. Und er kam. Allein. Ehe er vom Pferd stieg, ruhte sein Blick eine ganze Weile auf dem mächtigen, neuen Haus.

Dann wanderte er zu Sorrows Bauch und dann zu ihren Augen, ehe er ihr die Zügel übergab. Er wandte sich Lina zu. «Bring mich zu ihr», sagte er.

Sorrow eilte so schnell, wie ihr Gewicht es erlaubte, zu ihnen zurück, nachdem sie das Pferd angebunden hatte, und sie betraten zu dritt das Haus. Er hielt inne und warf, als er den Geruch bemerkte, einen Blick in den Topf, in dem Lina einen Extrakt aus Beifuß und anderen Kräutern zusammengebraut hatte.

«Wie lange liegt sie schon?»

«Fünf Tage», antwortete Lina.

Er brummte etwas und trat in das Schlafzimmer der Mistress. Lina und Sorrow beobachteten ihn von der Tür aus, als er neben dem Krankenlager in die Hocke ging.

«Danke, dass Ihr gekommen seid», flüsterte die Mistress. «Werdet Ihr auch mich mein eigenes Blut trinken lassen? Ich fürchte, es ist keines mehr übrig. Keines, das nicht vergiftet wäre.»

Er lächelte und strich ihr über das Gesicht. «Werde ich sterben?», fragte sie.

Er schüttelte den Kopf. «Nein. Die Krankheit wird sterben. Nicht Ihr.»

Die Mistress schloss die Augen. Als sie sie wieder aufschlug, waren sie glasig, und sie trocknete sie mit dem Rücken einer bandagierten Hand. Sie dankte ihm und dankte nochmals und nochmals, dann befahl sie Lina, ihm etwas zu essen zu bereiten. Er verließ den Raum, und Lina folgte ihm. Und auch Sorrow, aber erst, nachdem sie sich für einen letzten Blick umgewandt hatte. Was sie sah, war, dass die Mistress die Bettdecke von sich warf und auf die Knie sank. Sie sah weiter, dass die Mistress die Zähne benutzte, um die Bandagen an ihren Händen zu lockern, und dass sie dann ihre Handflächen aneinanderpresste. Bei ihrem Rundblick durch den Raum, den sie sonst nie betreten durfte, bemerkte Sorrow auch die Haarbüschel, die an dem nassgeschwitzten Kissen klebten; und sie bemerkte, wie untauglich die Sohlen der bleichen Füße wirkten, die unter dem Saum des Nachthemds hervorschauten. Auf den Knien, den Kopf gesenkt, schien die Mistress ganz allein auf der Welt zu sein. Sorrow begriff, dass Dienstmägde, wie viele es auch sein mochten, daran nichts ändern konnten. Irgendwie blieb alle Sorge, alle Ergebenheit für die Mistress ohne Bedeutung. Sie hatte niemanden – niemanden auf der Welt. Sondern nur den, an den sie sich jetzt flüsternd wandte: «Danke, Herr, für die Gnade, die Du mir erwiesen hast.»

Auf Zehenspitzen schlich Sorrow davon, hinaus in den Garten, wo der Nadelduft der Bäume den Geruch des Krankenzimmers vergessen machte. Von irgendwo erklang das Klopfen eines Spechts. Als Hasen in das Radieschenbeet einfielen, wollte Sorrow sie erst verjagen, aber von der Last ermattet, die sie zu schleppen hatte, besann sie sich anders. Stattdessen setzte sie sich im Schatten des Hauses ins Gras und streichelte über das Strampeln in ihrem weit vorstehenden Bauch. Durch das Küchenfenster oberhalb hörte sie die Geräusche eines schneidenden

Messers, eines rutschenden Tellers oder Bechers, während der Schmied seine Mahlzeit einnahm. Sie wusste, dass Lina dabei war, aber die ließ nichts von sich hören, bis das Quietschen eines zurückgeschobenen Stuhls verriet, dass der Schmied aufstand. Jetzt stellte Lina die Fragen, die die Mistress zu fragen versäumt hatte.

«Wo ist sie? Geht es ihr gut?»

«Gewiss doch.»

«Wann kommt sie zurück? Wer wird sie begleiten?»

Das Schweigen war zu lang für Lina.

«Es sind schon vier Tage. Du kannst sie nicht gegen ihren Willen festhalten.»

«Warum sollte ich?»

«Also? Deine Antwort?»

«Sie wird kommen, wenn es ihr gefällt.»

Schweigen.

«Bleibst du über Nacht?»

«Nicht die ganze. Besten Dank für die Mahlzeit.»

Mit diesen Worten ging er hinaus. Als er an Sorrow vorbeikam, erwiderte er ihr Lächeln und stieg dann über den Hang zu dem neuen Haus empor. Langsam ließ er seine Hand über die Schmiedearbeiten gleiten, den Bogen hier, die Verzweigung da, und prüfte die Sauberkeit der Vergoldung. Dann ging er zum Grab des Sirs und stand mit abgenommener Kopfbedeckung davor. Nach einer Weile betrat er das leere Haus und schloss die Tür hinter sich.

Er wartete nicht, bis die Sonne aufgegangen war. Schlaflos und unwohl stand Sorrow am Haustor und sah ihn im Dämmerdunkel davonreiten, so frohgestimmt und sorglos wie ein Fohlen. Aber Lina, wie sich bald zeigte, blieb verzweifelt zurück. Die Fragen, die sie quälten, standen ihr ins Gesicht geschrieben: Was geschah wirklich mit Florens? Würde sie heimkehren? Konnte man dem Schmied trauen? Trotz all seiner Freundlichkeit und Heilkunst fragte sich Sorrow, ob sie sich in ihm und Lina nicht von allem Anfang an getäuscht hatte. Wohl nicht, war der Schluss, zu dem sie, durchdrungen von der Fähigkeit zum tiefen Blick, die werdende Mütter für sich beanspruchen, gelangte. Immerhin hatte er ihr mit Essig und ihrem eigenen Blut das Leben gerettet und sofort erkannt, wie es um die Mistress stand und welches Mittel die Narbenbildung verminderte. Und Lina war nun mal misstrauisch gegenüber jedem, der sich zwischen sie und Florens drängte. Einerseits mit den neuen Bedürfnissen der Mistress beschäftigt und andererseits mit dem Auskundschaften des Weges, den Florens nehmen sollte, blieben Lina weder Zeit noch Kraft für irgendetwas anderes. Sorrow selbst, die sich nicht bücken, nichts Schweres heben und kaum dreihundert Fuß weit gehen konnte, ohne um Luft zu ringen, musste sich ebenfalls einen Teil der Schuld am Zustand der Farm zuschreiben lassen. Aus den Gärten im Dorf kamen die Ziegen herausgewandert, um frisch angelegte Beete zu verwüsten. Im Wasserfass, das niemand abgedeckt hatte, schwammen ganze Schichten von toten Insekten. Feuchte Wäsche, die zu lange im Korb liegengeblieben war, begann zu modern, und weder Lina noch Sorrow trugen sie zurück zum Fluss, um sie noch einmal zu waschen. Alles befand sich im Zustand der Auflösung. Das Wetter wurde wärmer, aber weil sie den

Stier des Nachbarn nicht geholt hatten, kalbte nun keine Kuh. Ganze Tagwerke von Ackerland blieben ungepflügt, und die Milch wurde im Tiegel sauer. Eine Füchsin wütete im Hühnerhof, wann immer sie wollte, und die Eier wurden von Ratten ausgetrunken. Die Mistress würde sich nicht schnell genug erholen, um dem Chaos, das sich auf der Farm ausbreitete, Einhalt zu gebieten. Und ohne ihren kleinen Liebling schien auch Lina, das stumme Arbeitstier, das Interesse an nahezu allem bis hin zur eigenen Ernährung verloren zu haben. Zehn Tage Nachlässigkeit, und schon brach alles zusammen. So geschah es auf einer vernachlässigten, erst kürzlich von den Pocken heimgesuchten Farm, dass an einem stillen, kühlen Nachmittag im Mai Sorrows Fruchtblase platzte und Sorrow in Panik geriet. Die Mistress lag selbst zu sehr darnieder, um ihr helfen zu können, und Lina, die sie eben erst gähnen gesehen hatte, wollte sie nicht trauen. Das Dorf durfte sie nicht betreten, und so blieb ihr keine Wahl. Zwilling erschien nicht oder blieb ganz ungewohnt schweigsam oder zeigte sich sogar feindselig, als Sorrow mit ihr zu beraten versuchte, was sie tun und wohin sie gehen sollte. In der schwachen Hoffnung, dass Will und Scully wie gewohnt auf ihrem Angelfloß zu finden sein würden, nahm sie ein Messer und eine Decke und ging zum Flussufer, wo sie der erste heftige Wehenschmerz traf. Dort blieb sie, allein, schreiend, wenn es nicht anders ging, und in den Pausen versuchte sie zu schlafen, bis das nächste brutale Zerren ihr durch Leib und Atem fuhr. Stunden, Minuten, Tage – Sorrow konnte nicht sagen, wie viel Zeit vergangen war, als die Männer ihr Stöhnen hörten und das Floß ans Flußufer stakten. Was mit ihr los war, kapierten die beiden so schnell, wie sie es bei jedem Tier kapiert hätten, das gerade seine Jungen warf. Ein wenig ungeschickt, hauptsächlich um das Überleben des Neugeborenen besorgt, machten sie sich ans Werk. Während Sorrow presste, knieten sie vor ihr im Wasser, zogen und drehten und stützten das winzige Wesen, das zwischen ihren Schenkeln steckte. Blut und anderes zog Fäden im Wasser und lockte junge Barsche an. Als das Kind, ein Mädchen, sein erstes Wimmern vernehmen ließ, trennte Scully mit einem Messer die Nabelschnur durch, dann legte er das Neugeborene in die Hände der Mutter, die es abwusch und den Mund, die Ohren und die noch unfokussierten Augen mit den Fingern auswischte. Die Männer beglückwünschten sich gegenseitig und boten der Mutter an, sie und das Kind zur Farm zu tragen: Sorrow, die mit jedem Atemzug «Danke» stammelte, lehnte ab. Sie brauche Ruhe, später werde sie selber kommen. Willard schlug Scully lachend auf den Hinterkopf.

«Wie eine ausgelernte Hebamme, findest du nicht?»

«Keine Frage», erwiderte Scully, während sie zu ihrem Floß zurückwateten.

Sobald die Nachgeburt abgegangen war, wickelte Sorrow ihren Säugling in die Decke und verfiel in ein stundenlanges, hin und wieder unterbrochenes Dösen. Irgendwann vor Sonnenuntergang ließ ein Schreien sie hochfahren, und sie quetschte an ihren Brüsten herum, bis bei einer die Milch kam. Obwohl sie ihr ganzes Leben hindurch von Männern gerettet worden war – dem Käptn, den Söhnen des Holzfällers, dem Sir und nunmehr von Will und Scully –, hegte sie keinen Zweifel, dass sie diesmal selbst etwas geleistet hatte, etwas Wichtiges. Dass Zwilling sich nicht zeigte, fiel ihr kaum auf, so sehr widmete sie sich ihrer Tochter. Sie wusste sofort, welchen Namen sie tragen sollte. Wusste auch, welcher Name für sie selbst der richtige war.

Zwei Tage vergingen. Lina verbarg ihren Abscheu vor Sorrow und ihre Angst um Florens unter einer Maske der Gelassenheit. Die Mistress verlor kein Wort über das Baby, sondern ließ sich eine Bibel bringen und verbot allen, das neue Haus zu betreten. Von ihrer neuen Daseinsberechtigung als Mutter ermutigt, war Sorrow kühn genug, zu ihrer Mistress zu bemerken: «Es war gut, dass der Schmied kam und geholfen hat, als Ihr im Sterben lagt.»

«Närrin», erwiderte sie. «Gott allein vermag zu heilen. Kein Mensch hat diese Macht.»

Immer hatte es ein verwickeltes Geflecht von Banden zwischen ihnen gegeben. Jetzt wurden sie durchschnitten. Jede der Frauen schottete sich ab, spann sich ein in eigene Gedanken, die sonst niemand lesen konnte. Es war, als wären sie, mit oder ohne Florens, einander abtrünnig geworden.

Zwilling war verschwunden, spurlos und von dem einzigen Menschen, der sie kannte, nicht vermisst. Auch mit dem Umherstreifen hörte Sorrow auf. Jetzt kümmerte sie sich um die Pflichten des Alltags, dessen Mittelpunkt ihr Neugeborenes war, und wenn andere daran etwas auszusetzen hatten, so kümmerte sie das nicht. Sie hatte in die Augen ihrer Tochter geblickt, hatte in ihnen das graue

Glänzen eines winterlichen Ozeans erkannt, auf dem ein Schiff den Wind verlor. «Ich bin deine Mutter», sagte sie. «Mein Name ist: Die Ganzgewordene.»

Mein Weg zu dir ist schwer und lang, aber der Schmerz ist fort, sobald ich die Umzäunung sehe, die Schmiede, die kleine Hütte, in der du bist. Die Angst fällt von mir, dass ich vielleicht nie mehr in dieser Welt von deinem Lächeln begrüßt werde oder die Süße deiner Schulter schmecke, wenn du mich in den Arm nimmst. Der Geruch von Feuer und Asche macht mich zittern, aber es ist die Freude in deinen Augen, bei der mir das Herz zerspringt. Du fragst mich, wie und wie lange, und lachst über meine Kleider und über die Kratzspuren überall an mir. Aber als ich auf dein Warum antworte, sind Falten auf deiner Stirn. Wir werden uns einig, will sagen, du wirst einig, und ich stimme zu, denn anders geht es nicht. Du wirst sofort losreiten zur Mistress, aber allein. Ich soll hier auf dich warten, sagst du. Ich kann nicht mitkommen, denn ohne mich geht es schneller. Und es gibt noch einen Grund, sagst du. Dein Kopf wendet sich. Meine Augen folgen deinem Blick.

So etwas ist zweimal schon geschehen. Beim ersten Mal bin ich es, die hinter dem Kleid meiner Mutter hervorspäht und auf ihre Hand hofft, die aber nur ihrem kleinen Jungen gehört. Beim zweiten Mal ist es ein kleines

Mädchen, das schreit und deutet und sich hinter seiner Mutter versteckt und sich an ihre Röcke klammert. Beide Male sind voller Gefahr, und ich bin verstoßen. Jetzt sehe ich, wie ein kleiner Junge mit einer Puppe aus Maisstroh hereinkommt. Er ist jünger als irgendjemand, den ich kenne. Du streckst ihm deinen Zeigefinger entgegen, und er packt ihn. Du sagst, das ist der Grund, warum ich nicht mit dir gehen kann. Das Kind, das du Malaik nennst, soll nicht alleine bleiben. Es ist ein Findling. Sein Vater hängt über den Zügeln, und das Pferd läuft weiter, bis es irgendwo stehen bleibt und Gras frisst. Leute aus dem Dorf kommen dazu und merken, dass er tot ist, und finden den kleinen Jungen, der ganz still im Karren sitzt. Keiner kennt den toten Mann, und seine Habseligkeiten verraten nichts über ihn. Du nimmst den kleinen Jungen zu dir, bis ein Ratsherr oder ein Mann aus der Stadt über ihn entscheidet, was vielleicht nie sein wird, weil die Haut des toten Mannes rosig war, und die des Jungen ist es nicht. Also ist er vielleicht gar nicht sein Sohn. Mein Mund wird trocken, als ich überlege, ob du ihn für dich haben willst.

Es macht mir was aus, dass der Junge zu dir hingeht. Dass du ihm deinen Finger bietest und er ihn für sich nimmt. Als ob er deine Zukunft ist und nicht ich. Es gefällt mir nicht, wie er schaut, als du ihn zum Spielen in den Garten schickst. Aber dann wäschst du mir die Reise vom Gesicht und von den Armen und stellst mir einen Topf mit Essen hin. Es fehlt Salz daran. Die Stücke Kaninchenfleisch sind dick und zart. Mein Hunger ist wild in mir, aber noch wilder ist die Freude. Ich kann nicht viel essen. Wir reden von vielerlei, und ich sage nicht, was ich denke. Dass ich bleiben will. Dass ich immer hier bei dir bin, wenn du von der Mistress zurückkommst, egal, ob sie am Leben bleibt oder nicht. Nie mehr, nie mehr ich ohne dich. Hier bin ich nicht diejenige, die man rauswirft. Keiner stiehlt mir die Wärme und die Schuhe, nur weil ich klein bin. Keiner versohlt mir den Hintern. Keiner keckert wie ein Schaf oder eine Ziege, wenn ich mich schwach und ängstlich zeige. Keiner schreit auf bei meinem Anblick. Keiner mustert meinen Körper nach dem, was ihm unziemlich scheint. Bei dir ist mein Körper Lust, ist Sicherheit, ist Zugehörigkeit. Niemals will ich, dass du mich nicht hast.

Ich bleibe ruhig, als du aufbrichst, obwohl du mich kaum berührst. Auch nicht deinen Mund auf meinen drückst. Du sattelst dein Pferd und bittest mich, die jungen Bohnen zu gießen und die Eier einzusammeln. Ich gehe zu den Hühnern, aber da ist nichts, und so weiß ich, dass bald eine minha mãe erscheinen wird. Malaik, der Junge, ist nahe. Er schläft gleich jenseits der Tür, hinter der du schläfst. Ich bleibe ruhig und still, weil ich weiß, dass du bald wieder da bist. Ich streife die Stiefel des Sirs ab und lege mich auf deine Pritsche und versuche, deinen Feuergeruch zu erschnuppern. Streifen von Sternenschein dringen durch den Fensterladen. Eine minha mãe lehnt in der Tür, ihren kleinen Jungen an der Hand und meine Schuhe in ihren Taschen. Wie immer versucht sie, mir etwas zu sagen. Ich sage, sie soll verschwinden, und als sie sich auflöst, höre ich ein leises Knarzen. Im Dunkeln weiß ich, dass er da ist, die Augen groß, fragend und kalt. Ich richte mich auf und gehe zu ihm und frage, was, Malaik, was ist? Er schweigt, aber der Hass in seinen Augen ist zu hören. Er will, dass ich gehe. Das darf nicht sein. Ich spüre den Würgegriff tief innen. Diese Verstoßung darf nie wieder geschehen.

Ich träume einen Traum, der mich selber träumt. Ich liege auf den Knien in flauschigem Gras, aus dem der Weißklee hervorbricht. Ein süßer Duft steigt auf, und ich beuge mich vor, um mehr davon zu riechen. Aber der Duft verschwindet. Ich merke, dass ich am Ufer eines Sees bin. Sein Blau ist blauer als der Himmel, blauer als jedes Blau, das ich kenne. Blauer als Linas Perlen oder Zichorienblüten. Es gefällt mir so sehr, ich kann mich gar nicht beruhigen. Ich möchte mein Gesicht tief hineinstecken. Ich möchte so sehr. Was lässt mich zögern, was hindert mich, an dieses herrliche Blau des Ersehnten zu kommen? Ich rutsche näher, beuge mich vor, klammere mich an den Grashalmen fest. An Halmen, die lang und feucht sind und glänzen. Und sofort packt mich die Angst, denn mein Gesicht ist nicht da. Wo mein Gesicht sich spiegeln sollte, ist nichts. Ich stecke einen Finger ins Wasser und sehe die Kreise, die sich bilden. Ich bringe meine Lippen so weit hinunter, dass ich das Wasser küssen oder trinken könnte, aber ich sehe nicht einmal einen Schatten. Wo versteckt er sich? Warum ist das so? Auf einmal kniet Tochter Jane neben mir. Auch sie schaut ins Wasser. Keine Angst, Schatz, sagt sie, du wirst es wiederfinden. Wo, frage ich, wo ist mein Gesicht, aber schon ist sie verschwunden. Als ich erwache, steht eine minha mãe dicht neben deiner Pritsche, und dieses Mal ist Malaik der kleine Junge, den sie bei sich hat. Er hält ihre Hand. Ihre Lippen formen Worte für mich, aber in ihrer Hand birgt sie die kleine Hand von Malaik. Ich stecke meinen Kopf unter deine Decke.

Ich weiß, dass du kommen wirst, aber es kommt der Morgen, und du kommst nicht. Den ganzen Tag nicht. Malaik und ich warten. Er bleibt so weit weg von mir, wie er kann. Ich bin in der Hütte und manchmal im Garten, aber nie auf dem Fahrweg wie er. Ich halte mich ruhig, aber in mir geht es durcheinander, und ich weiß nicht, wie ich sein soll. Auf einer Weide nebenan laufen Pferde herum. Die Fohlen staksen hochbeinig und halten nie still. Nie still. Ich beobachte sie, bis ich vor lauter Schwarz nichts mehr sehe. In dieser Nacht besucht mich kein Traum. Auch keine minha mãe. Ich liege dort, wo du schläfst. Zum Geräusch des Winds gesellt sich das Pochen meines Herzens. Es ist lauter als der Wind. Dein Feuergeruch verschwindet aus den Decken. Ich frage mich, wo er hingeht. Der Wind erstirbt. Jetzt gesellt sich mein Herzschlag zum Trappeln von Mäusefüßen.

Am Morgen ist der Junge nicht im Haus, aber ich rühre einen Haferbrei für uns beide an. Wieder steht er auf dem Weg und umklammert die Puppe aus Maisstroh und schaut in die Richtung, in die du geritten bist. Als ich ihn ansehe, fällt mir plötzlich ein, wie die Hundeschnauze aus Witwe Ealings Wasserkessel aufsteigt. Damals verstehe ich nicht, was das alles bedeutet. Jetzt geht es mir auf. Ich soll wachsam sein. Bin ich es nicht, kann ich auch nicht erkennen, wie ich mich schütze. Gleich fällt mir auf, dass die Stiefel vom Sir verschwunden sind. Ich suche sie überall, laufe durch die Hütte, die Schmiede, die Schlackenreste, und die weichen Sohlen meiner Füße tun weh.

Metallsplitter schneiden und beißen hinein. Ich suche und sehe eine Gartenschlange, die sich zur Türschwelle ringelt. Ich beobachte ihr langsames Kriechen, bis sie tot in der Sonne liegt. Ich berühre deinen Amboss. Er ist kühl und glatt geschliffen, aber er singt von der Glut, für die er lebt. Die Stiefel vom Sir entdecke ich nirgends. Vorsichtig, auf Zehenspitzen, gehe ich zurück in die Hütte und warte.

Der Junge verlässt den Weg. Er kommt ins Haus, aber er isst nicht, und er redet nicht. Über den Tisch hinweg sehen wir uns in die Augen. Er blickt starr, ohne Lidschlag. Ich genauso. Ich weiß, dass er die Stiefel vom Sir gestohlen hat. Die Stiefel, die mir gehören. Seine Finger umklammern die Puppe. Sie muss es sein, worin seine Macht liegt. Ich nehme sie ihm weg und setze sie auf ein Regalbrett, zu dem er nicht hinaufreichen kann. Er schreit und schreit. Tränen kullern. Auf blutenden Füßen laufe ich nach draußen, um nichts zu hören. Er schreit weiter. Und weiter. Ein Karren fährt vorbei. Ein Paar sitzt darauf, und beide schauen, aber grüßen nicht und halten nicht. Endlich ist der Junge still, und ich gehe wieder hinein. Die Puppe sitzt nicht mehr auf dem Brett. Sie liegt verlassen in einer Ecke wie ein kostbares Kind, das keiner will. Oder, nein. Vielleicht versteckt sich die Puppe ja dort. Versteckt sich vor mir. Vor Angst. Wie deute ich es richtig? Wie? Haferbrei tropft vom Tisch herunter. Der Stuhl ist umgeworfen. Der Junge sieht mich kaum, da fängt wieder das Geschrei an, und jetzt packe ich ihn. Ich will ihm nicht wehtun, will nur, dass er still ist. Deshalb zerre ich an seinem Arm. Damit er aufhört. Zu schreien aufhört. Und ja, ich höre, wie die Schulter knackt, aber es ist ein leises Geräusch, nicht lauter als das Knacksen, das man bei einem Brathähnchen hört, dem man den Flügel, warm und zart, aus der Brust reißt. Er schreit und schreit und fällt um. Aus seinem Mund kommt ein wenig Blut, als er an die Tischecke schlägt. Nur ganz wenig. Er wird ohnmächtig genau in dem Moment, in dem ich dich rufen höre. Ich höre nicht dein Pferd, ich höre nur dein Rufen und weiß, dass ich verloren bin, denn du rufst nicht meinen Namen. Nicht mich. Sondern ihn. Malaik, rufst du. Malaik.

Als du ihn liegen siehst, reglos und schlaff am Boden mit diesem roten Rinnsal aus seinem Mund, bricht dein Gesicht zusammen. Du schleuderst mich weg, du brüllst: Was machst du da, brüllst: Schämst du dich nicht. Mit welcher Zärtlichkeit du ihn hochhebst, den Jungen. Als du siehst, wie sein Arm wegsteht, schreist du auf. Der Junge öffnet die Augen und wird wieder ohnmächtig, als du den Arm in seine richtige Lage zurückdrehst. Ja, da ist Blut. Ein wenig. Aber du bist nicht da, als es herausrinnt, woher weißt du dann, dass ich die Ursache bin? Warum stößt du mich weg ohne die Gewissheit, was wahr ist? Du siehst den Jungen am Boden liegen und gibst mir die Schuld, ohne zu fragen. Du hast recht, aber warum fragst du nicht, um sicher zu sein? Gleich bin ich es, die weggestoßen wird. Der Rücken deiner Hand fährt mir durch das Gesicht. Ich falle und rolle mich am Boden zusammen. Starr. Es gibt keine Frage. Du wählst den Jungen. Du rufst seinen Namen zuerst. Du führst ihn weg und bettest ihn mit seiner Puppe und bringst mir dein gebrochenes Gesicht zurück, Augen ohne Freude, dicke Adern am Hals. Ich bin verloren. Kein Wort bedauert den Schlag, der mich zu Boden streckt. Keine sanften Finger berühren mich, wo es jetzt schmerzt. Ich ducke mich. Halte die Federn, die sich heben wollen, gesenkt.

Deine Mistress erholt sich, sagst du. Du sagst, du wirst jemanden bezahlen, der mich zu ihr bringt. Fort von dir. Jedes Wort, das noch folgt, ist ein Stich.

Warum bringst du mich um?, frage ich.

Ich will, dass du gehst.

Lass mich erklären.

Nein. Sofort.

Warum? Warum?

Weil du eine Sklavin bist.

Was bin ich?

Du hast es gehört,

Der Sir hat mich dazu gemacht.

Um ihn geht es nicht.

Um wen dann?

Um dich.

Ich verstehe nicht. Ich bin eine Sklavin, weil der Sir mich gekauft hat.

Nein. Du bist erst eine geworden.

Wie das?

Dein Kopf ist leer, und dein Leib ist wild.

Ich bete dich an.

Auch das macht dich zur Sklavin.

Ich gehöre nur dir.

Du musst dir selbst gehören, Weib. Und uns lass in Frieden. Du hättest dieses Kind töten können.

Nein. Warte. Du richtest mich zugrunde.

Du bist nichts als Wildnis. Keine Beherrschung. Kein Verstand.

Du schreist das Wort – Verstand, Verstand, Verstand –, wieder und wieder, und dann lachst du auf und sagst wirklich und wahrhaftig: eine Sklavin aus eigenem Willen.

Auf den Knien strecke ich die Arme nach dir aus. Krieche hin zu dir. Du trittst zurück, sagst: Hände weg von mir.

Mich fasst Schreck. Willst du sagen, dass ich gar nichts bin für dich? Dass ich keinen Platz habe in deiner Welt? Dass du mein verschwundenes Gesicht im blauen Wasser nur findest, um es zu zermalmen? Jetzt erlebe ich, wie das Innere stirbt. Nein. Nicht wieder. Nie wieder. Die Federn heben sich, ich mich mit ihnen. Die Krallen kratzen und kratzen über den Boden bis sie den Hammer packen.

Jacob Vaark stieg aus dem Grab, um sein prächtiges Haus zu besuchen.

«Soll er doch», sagte Willard.

«Würde ich genauso», erwiderte Scully.

Es war immer noch das prachtvollste Gebäude in weitem Umkreis, warum also nicht die Ewigkeit dort verbringen? Als sie den Schatten erstmals bemerkten, meinte Scully, der sich nicht sicher war, ob es sich wirklich um Vaark handelte, dass sie näher heranschleichen sollten. Willard jedoch, der sich mit Geistern auskannte, warnte ihn vor den Folgen, die es haben konnte, wenn man die auferstandenen Toten störte. Sie beobachteten weiter, Nacht um Nacht, bis sie überzeugt waren, dass es nur Jacob Vaark sein konnte, der in diesem Haus umging: Denn niemand hatte je darin gelebt, und die Mistress sah streng darauf, dass es niemand betrat. Beide Männer respektierten ihren Willen, auch wenn sie ihn nicht verstanden.

Seit Jahren stellten die Menschen von der Nachbarfarm für die beiden den besten Familienersatz dar, den sie je haben würden: ein gutmütiges Ehepaar (die Eltern), drei Dienstmägde (sozusagen die Schwestern) und dazu sie selbst als hilfsbereite Söhne. Alle Mitglieder dieser Wahlfamilie waren auf sie angewiesen, niemand war bösartig, alle meinten es gut – vor allem der Master, der sie, anders als ihr mehr oder minder abwesender rechtmäßiger Eigentümer, nie beschimpfte oder bedrohte. Zu Weihnachten bekamen sie sogar Rum von ihm geschenkt, und einmal gönnten er und Willard sich einen gemeinsamen Schluck direkt aus der Flasche. Sein Tod war ihnen so nahe gegangen, dass sie die Weisung ihres Eigentümers, die pockenverseuchte Farm auf keinen Fall zu besuchen, in den Wind schlugen. Sie meldeten sich freiwillig, um das letzte, wenn auch nicht allerletzte Grab auszuheben, das seine Witwe brauchte. In strömendem Regen gruben sie sich fünf Fuß tief in den Morast und beeilten sich, den Leichnam hinunterzubringen, ehe das Loch voll Wasser lief. Jetzt, dreizehn Tage später, war der Tote wieder herausgestiegen, war seinem Grab entkommen. Ganz ähnlich, wie er früher nach wochenlangen Reisen wiederaufgetaucht war. Zwar hatten sie ihn – seine Gestalt oder sein Gesicht – nicht genau gesehen, aber sie sahen sein geisterhaftes Leuchten. Der Lichtschimmer begann gegen Mitternacht, schwebte eine Weile im oberen Stockwerk herum, verschwand wieder und wanderte dann ganz langsam von Fenster zu Fenster. Weil Master Vaark sich darauf beschränkte, in seinem Haus umzugehen und nirgends sonst auftauchte und niemanden in Angst und Schrecken versetzte, fand Willard es für sich und Scully angebracht und zumutbar, loyal zu bleiben und der Mistress bei der Instandhaltung der Farm zu helfen: Und auch bei der Bewirtschaftung, denn seit dem Ausbruch ihrer Krankheit war nicht mehr viel geschehen, weit im

Juni noch keine einzige Furche gepflügt. Die Shillinge, die sie ihnen anbot, waren das erste Geld, das sie für ihre Arbeit bekamen, und sie machten nicht nur Mitleid zu etwas Lohnenswertem, sondern verwandelten Pflichtgefühl in Hingabe.

Es gab viel zu tun, denn die Frauen, die immer so unermüdlich gewesen waren, wirkten jetzt fahrig und kraftlos. Bevor und nachdem der Schmied die Mistress kuriert hatte und das Mädchen, Florens, sich wieder dort befand, wo es hingehörte, war es, als ob ein Sargtuch über den Ort gebreitet worden sei. Trotzdem meinte Willard, dass Lina ihre Arbeit auch weiterhin still und sorgfältig verrichtete, doch Scully war anderer Ansicht, er fand, dass sie inwendig kochte. Wie grüne Äpfel, die zitternd im siedenden Wasser liegen und jeden Augenblick platzen können; die zu Brei verkochen würden, wenn man sie nicht schnell herausholt und kühlt. Und Scully musste es wissen, hatte er doch im Lauf der Jahre Stunden um Stunden damit verbracht, sie heimlich zu beobachten, wenn sie im Fluss ihr Bad nahm. Die ungehinderten Blicke auf ihr Hinterteil, auf diese Hüften, diese sirupfarbenen Brüste gehörten der Vergangenheit an. Was er am meisten vermisste, war das, was er sonst nirgends zu Gesicht bekam, unbedecktes Frauenhaar, aggressiv, verführerisch, schwarz wie Hexerei. Zu sehen, wie es an ihrem nassen Rücken klebte oder hin und her schwang, war eine stille Freude für ihn. Aus und vorbei. Wo auch immer sie, wenn überhaupt, jetzt badete – er war überzeugt, dass sie dabei jeden Augenblick zu explodieren drohte.

Auch die Mistress hatte sich verändert. Die Trauer,

sagte Willard, die Krankheit – die Auswirkungen all dessen lagen offen zutage. Ihr Haar, dessen messinghelle Strähnen sich einst kaum unter die Haube fügen wollten, hing jetzt grau und schlaff an ihren Schläfen herunter und fügte ihren wieder streng gewordenen Gesichtszügen eine melancholische Note hinzu. Vom Krankenlager auferstanden, hatte sie wieder, wie man so sagt, das Kommando übernommen, doch ließ sie Arbeiten, die ihr früher leicht von der Hand gegangen waren, jetzt als zu anstrengend liegen. Sie wusch keine Wäsche, sie säte nicht aus, sie jätete kein Unkraut. Stattdessen kochte und nähte sie, und ansonsten las sie in der Bibel oder hatte ein oder zwei Gäste aus dem Dorf zu Besuch.

«Schätze, sie heiratet wieder», sagte Willard. «Und zwar bald.»

«Wieso bald?»

«Sie ist eine Frau. Wie kann sie sonst die Farm halten?»

«Und wen?»

Willard kniff ein Auge zusammen. «Im Dorf wird sich schon jemand finden.» Er krächzte ein Lachen heraus, als er sich an die Freundlichkeiten des Pastors erinnerte.

Sorrow war die Einzige, von der sie fanden, dass sie sich zum Besseren verändert hatte. Sie war kein solcher Wirrkopf mehr, kam mit ihren Aufgaben besser zurecht. Doch an erster Stelle stand stets ihr Baby, und wenn der Säugling, den sie immer irgendwo in der Nähe hatte, zu wimmern begann, ließ sie die Eier im Nest liegen, schob das Melken auf und unterbrach jede Feldarbeit, mit der sie gerade beschäftigt war. Nachdem sie ihr bei der Entbindung geholfen hatten, fühlten sie sich als Paten und boten ihr sogar an, sich um das Baby zu kümmern, falls Sorrow ihre Hilfe brauchte. Sie lehnte ab, aber nicht, weil sie es ihnen nicht zugetraut hätte – das tat sie –, sondern weil sie Zutrauen zu sich selbst fassen musste.

Am seltsamsten war Florens. Das fügsame Wesen, das sie kannten, hatte sich in eine Wilde verwandelt. Als sie sie zwei Tage nachdem der Schmied am Krankenbett der Mistress aufgetaucht und wieder abgereist war, die Straße herunterstapfen sahen, dauerte es eine Weile, bis sie in ihr ein menschliches Wesen erkannten. Einmal, weil sie so blutbespritzt und verdreckt war, und zum anderen, weil sie achtlos an ihnen vorbeiging. Schwitzende Männer, die plötzlich aus dem Unterholz am Wegrand brachen, mussten doch jedem Menschen, vor allem aber einer Frau, einen Schreck einjagen. Diese aber gönnte ihnen keinen Blick und machte keine Anstalten, ihnen auszuweichen. Die Männer, beide noch schlotternd von der Gefahr, der sie gerade entronnen waren, sprangen ihr aus dem Weg. Verschreckt wie sie waren, hielten sie alles für möglich. Beide rannten, so schnell sie konnten, zu den Tieren zurück, die sie zu hüten hatten, ehe die Schweine ihre Würfe auffraßen. Den größten Teil des Vormittags hatten sie sich vor einer aufgescheuchten Bärin versteckt, in welche missliche Lage sie, da waren sich beide einig, hauptsächlich durch Willard geraten waren. Das Rebhuhn, das sie gefangen hatten und das nun am Gürtel des älteren Mannes baumelte, hätte für zwei Mahlzeiten pro Mann gereicht. Es war tollkühn, ihr Glück auf die Probe zu stellen und sich eine Pause zu genehmigen, damit Willard unter einer Buche sein Pfeifchen schmauchen konnte. Beide wussten, was eine Rauchfahne in den Wäldern ausrichten konnte, wo der Geruch alles regierte, Angriff und Flucht, das Sich-Verkriechen oder, wie im Falle der Bärin, die Neugier. Als es in dem Lorbeergestrüpp, das ihnen die Rebhühner beschert hatte, plötzlich knackte, sprang Willard auf und bedeutete Scully mit einem Handzeichen, leise zu sein. Scully griff nach seinem Messer und erhob sich ebenfalls. Nach einem Augenblick unheimlicher Stille – kein Gesang der Vögel, kein Schnattern der Eichhörnchen – brandete der Gestank über sie, und im selben Moment brach die Bärin mit fletschenden Zähnen durch die Lorbeerbüsche. Im Ungewissen, für wen sie sich entscheiden würde, trennten sie sich, und jeder der beiden davonspringenden Männer hoffte, dass er das Richtige tat. Sich tot zu stellen war jedenfalls keine Lösung. Willard duckte sich hinter einem Felskamm, deckte den Pfeifenkopf mit seinem Daumen ab und betete, dass der Wall aus Schiefergestein Wind und Rauch ablenken würde. Scully, der schon heißen Atem im Nacken zu spüren glaubte, streckte sich nach einem niedrigen Ast und schwang sich hinauf. Ein Fehler. Die Bärin, selbst eine Meisterin im Erklettern von Bäumen, brauchte sich nur auf die Hinterbeine zu stellen, und schon hatte sie seinen Fuß zwischen den Zähnen. In Todesangst, aber kein Feigling, beschloss Scully, bei aller Aussichtslosigkeit zumindest eine energische Geste der Selbstverteidigung zu zeigen. Er zog das Messer heraus, drehte sich herum und stieß es, ohne zu zielen, gegen den Kopf des höchst gelenkigen Kolosses unter ihm. Und für diesmal zahlte sich der Mut der Verzweiflung aus. Die Klinge traf, glitt wie eine Nadel in ein Auge der Bärin. Mit einem grässlichen Brüllen, die Krallen über die Baumrinde kratzend, rutschte sie auf den Boden zurück und landete auf ihrem Hinterteil. Umringt von einer Meute kläffender Hunde hätte die Bärin sich nicht wütender gebärden können. Knurrend, immer noch aufgerichtet, schlug sie gegen das im Auge steckende Messer, bis es herabfiel. Dann sank sie auf alle viere, rollte die Schultern und pendelte mit dem Kopf hin und her. Viel Zeit schien Scully zu vergehen, bis das Brummen eines ihrer Jungen ihre Aufmerksamkeit fand und sie sich unsicher, weil die Blendung ihr ohnehin schwaches Sehvermögen weiter verschlechtert hatte, auf die Suche nach ihrem Nachwuchs machte. Scully und Willard warteten, der eine auf dem Baum, als wäre er selbst ein in die Enge getriebener Bär, der andere in stummer Umarmung des Schieferfelsens, beide in Angst, dass sie zurückkehren könnte. Als sie endlich sicher waren, dass sie nicht zurückkam, wagten sie sich, argwöhnisch nach Fellgeruch schnuppernd und auf ein Brummen, auf die Bewegungen des anderen und die Wiederkehr des Vogelgezwitschers lauschend, aus ihrem Versteck. Langsam erst, langsam. Dann rannten sie. Als sie aus dem Wald auf die Straße hinausstürmten, sahen sie diese weiblich aussehende Gestalt, die auf sie zumarschiert kam. Als sie später über die Sache sprachen, meinte Scully, sie habe weniger wie eine Geistererscheinung als vielmehr wie ein verwundeter Rotrock ausgesehen, barfuß, blutbesudelt, aber stolz.

Für sieben Jahre an einen Plantagenbesitzer aus Virginia verkauft, war der junge Willard Bond davon ausgegangen, mit einundzwanzig ein freier Mann zu sein. Aber weil man ihm Unbotmäßigkeit – Diebstahl, tätlicher Angriff – zur Last legte, wurde die Zeit, die er abzudienen hatte, um drei Jahre verlängert, die er bei einem Weizenfarmer hoch im Norden abarbeiten sollte. Nach zwei Ernten fiel das Getreide dem Mehltau zum Opfer, und Willards Master sattelte auf Mischviehhaltung um. Überweidung zwang ihn, immer neue Wiesengründe zu finden, und er kam auf die Idee, seinem Nachbarn Jacob Vaark Willards Arbeitskraft im Tausch gegen Weiderechte anzubieten. Ein Mann allein konnte jedoch all des Viehs kaum Herr werden, und so bekam er einen jungen Helfer an die Seite gestellt.

Vor Scullys Ankunft hatte Willard öde und einsame Tage damit verbracht, seinem Vieh beim Grasen und bei der Paarung zuzusehen, sein einziger Trost die Erinnerung an härtere, aber befriedigendere Tage in Virginia. So brutal die Arbeit auf der Plantage war, er hatte jedenfalls Gesellschaft, und die Tage verliefen nicht so gleichförmig. Er war einer von dreiundzwanzig Männern auf den Tabakfeldern, sechs Engländern, einem *native* und zwölfen, die über Barbados aus Afrika gebracht worden waren. Frauen gab es weit und breit nicht. Die Kameradschaft zwischen ihnen wurde von der geteilten Wut auf den Aufseher und den verhassten Sohn des Plantagenbesitzers besiegelt. Der Letztere war es, auf den der tätliche Angriff verübt wurde. Der Diebstahl eines Ferkels wurde noch dazugedichtet, um Willards Schuld- und Schuldenkonto weiter aufzufüllen. Es fiel ihm schwer, sich an den raueren, kälteren Landstrich zu gewöhnen, in den er verfrachtet wurde. Wenn er nachts in seiner Hängematte lag, gefangen in grenzenloser und belebter Finsternis, wappnete er sich gegen Lebendes und Totes gleichermaßen. Hinter den glimmenden Augen eines Elchs konnte sich ohne weiteres ein Dämon verbergen, genau wie das Gejammer gepeinigter Seelen auch ein Geheul glücklicher Wölfe sein konnte. Der Schrecken dieser einsamen Nächte verdüsterte seine Tage. Schweine, Schafe und Rinder waren seine einzige Gesellschaft, bis der Eigentümer wiederkehrte und die feistesten zur Schlachtung wegkarrte. Die Ankunft von Scully wurde mit Freude und Erleichterung quittiert. Und als ihre Aufgaben um gelegentliche Aushilfe auf der Farm der Vaarks erweitert wurden und sie ein gutes Verhältnis zu den dort hausenden Menschen fanden, kam es etliche Male vor, dass Willard zu viel trank und sich zu wenig in der Gewalt hatte. Gleich zu Anfang war er zweimal weggelaufen, nur um im Wirtsgarten einer Schenke aufgegriffen zu werden und sich eine weitere Verlängerung seiner Schuldknechtschaft einzuhandeln.

Seine Stellung in der Gemeinschaft verbesserte sich noch weiter, als Vaark den Entschluss fasste, ein großes Haus zu errichten. Nun war Willard wieder Teil einer Mannschaft von gelernten und ungelernten Arbeitern, und als der Schmied dazukam, wurde die Sache immer interessanter. War das Haus schon prächtig und seine Einfriedung beeindruckend, so sollte das Tor alles in den Schatten stellen. Der Sir wollte die üblichen Schnörkel an beiden Flügeln, aber der Schmied hatte eine andere Idee. Das Resultat waren Reihen hüfthoher, von einer Pyramidenspitze gekrönter Eisenstäbe, die beiderseits zu dem Tor hinführten, dessen Flügel nach oben in dichtes Rankenwerk ausliefen. So schien es ihm zunächst. Doch als er genauer hinsah, erkannte er, dass die vergoldeten Weinranken in Wahrheit Schlangen waren, mit Schuppen und allen Einzelheiten, deren Mäuler sich jedoch in Blumen verwandelten. Wurde das Tor geöffnet, trennten sich die Blütenblätter voneinander. Wurde es geschlossen, verzahnten sie sich.

Er bewunderte den Schmied und seine Kunstfertigkeit. Jedenfalls so lange, bis er eines Tages sah, wie Münzen aus Vaarks Hand in die des Schmieds wanderten. Das Klirren des Silbers war so unverkennbar wie sein Glanz. Er wusste, dass Vaark durch den Handel mit Rum eine Menge Geld machte, aber die Erkenntnis, dass der Schmied für seine Arbeit bezahlt wurde – genau wie die Männer, die Baumaterial lieferten, aber anders als jene, mit denen er in Virginia zusammengearbeitet hatte – verbitterte Willard. Er beschloss, und stachelte auch Scully dazu an, keine Weisungen mehr vom Schmied entgegenzunehmen, weigerte sich, Kastanienscheite zu spalten oder Holzkohle zu holen oder den Blasebalg zu treten und «vergaß», das frische Bauholz vor Regen zu schützen. Vaarks Machtwort ließ sie widerwillig einlenken, aber es war der Schmied selbst, der Willard zur Vernunft brachte. Willard besaß zwei Hemden, das eine hatte einen Kragen, während das zweite mehr einem Fetzen glich. Es zerriss vollends, als er eines Morgens auf frischem Dung ausrutschte, worauf er das gute Hemd, das mit dem Kragen, anzog. Als er am Bauplatz ankam, merkte er, dass ihn der Schmied musterte, ihm zunickte und ihm einen hochgereckten Daumen zeigte, wie ein Zeichen der Anerkennung. Willard wusste nie, ob man ihm ein Kompliment machte oder ihn verspottete. Als der Schmied aber «Guten Morgen, Mister Bond» sagte, da überlief es ihn wohlig. Gutsverwalter in Virginia, Wachtmeister, kleine Kinder, Prediger – niemand hatte es je über sich gebracht, ihn Mister zu nennen, und er hatte es auch nie erwartet. Er kannte seinen Platz im Leben, aber er war überrascht, wie sich dieser Raum durch eine solche kleine Höflichkeit erweiterte. Ob es ein Scherz sein sollte oder nicht, es blieb nicht bei dem einen Mal, nein, der Schmied sprach ihn von nun an immer so an. Seine Stellung als freier Afrikaner blieb Willard zwar ein Dorn im Auge, aber daran konnte er nichts ändern. Es gab kein Gesetz, das diejenigen, die ihre Schulden abarbeiteten, vor solcher Konkurrenz schützte. Immerhin war der Schmied ein angenehmer Zeitgenosse, und Willard genoss es so, als Mister angesprochen zu werden. Er gluckste vor Vergnügen, wenn er sich zurechtlegte, warum das Mädchen, Florens, bei diesem Mann völlig den Verstand verlor. Wahrscheinlich nannte er sie Miss oder Lady, wenn sie sich nach dem Abendessen im Wald zu ihren Spielchen trafen. Das musste sie doch wild machen, sagte er sich, falls ihr nicht das bloße Grinsen dieses Schwarzen Mannes schon genügte.

«All mein Lebtag», berichtete er Scully, «hab ich dergleichen nicht gesehen. Er nimmt sie, wo und wann er will, und sie sucht seine Fährte wie eine läufige Wölfin, wenn sie ihn nicht ohnehin in Sichtweite hat. Wenn er für ein oder zwei Tage weg ist, um in seinem Ofen neues Erz zu schmelzen, sitzt sie da und schmollt, bis er schwer beladen wiederkehrt. Neben ihr kommt einem Sorrow vor wie eine Quäkerin.»

Scully, nur wenige Jahre älter als Florens, war weniger verblüfft von der jähen Verwandlung ihres Wesens als Willard. Er hielt sich für einen unfehlbaren Menschenkenner, der, ganz anders als Willard, mit sicherem Instinkt in die Tiefen und Untiefen des Charakters zu blicken vermochte. Willard lasse sich von Äußerlichkeiten blenden, er, Scully, hingegen dringe zum Kern vor. Obwohl er Gefallen an Linas Nacktheit fand, sah er etwas Reines in ihr. Ihre Loyalität schien ihm keine Unterwerfung unter die Mistress oder Florens zu sein, sondern ein Zeichen ihrer Empfindung, selbst etwas wert zu sein – eine Art Treue zum gegebenen Wort. Ehrgefühl konnte man es vielleicht nennen. Und wenn er auch mit von der Partie war, wenn Willard sich über Sorrow lustig machte, so zog er sie doch den beiden anderen Dienstmägden vor. Wäre es ihm um Verführung gegangen, so hätte er es bei ihr versucht: Ihr Blick war einschüchternd, verwirrend, kühl. Die Augen, rauchgrau und ohne Lidschlag, wirkten nicht leer, sondern lauernd. Es war dieser lauernde Blick, der Lina zu schaffen machte. Alle außer Scully hielten sie für schwachsinnig, weil sie laut vor sich hin redete, wenn sie allein war. Aber wer tat das nicht? Willard begrüßte jedes seiner Mutterschafe, und die Mistress sagte sich selbst vor, was zu tun war, wenn sie über irgendeiner einsamen Arbeit saß. Und Lina antwortete auf Vogelrufe, so als wollten die Vögel von ihr wissen, wie man fliegt. Sorrow als «wunderlich» abzuhaken war eine Missachtung ihrer schnellen und richtigen Einschätzung der Rolle, die sie auf der Farm spielte. Ihre Verschlossenheit schützte sie; ihre Bereitwilligkeit zur Paarung war ein Geschenk an sie selbst. Als sie schwanger war, strahlte sie, und als ihre Zeit kam, suchte sie Hilfe genau am rechten Ort und bei den richtigen Leuten.

Wäre es ihm andererseits darum gegangen, eine Frau mit Gewalt zu nehmen, so hätte er sich Florens zum Opfer gewählt. Es war leicht zu erkennen, wie sich in ihr Wehrlosigkeit und ein Bedürfnis, es anderen recht zu machen und, dies vor allem, die Bereitschaft verbanden, für die Gemeinheit anderer stets die Schuld bei sich selbst zu suchen. So, wie sie sich jetzt darstellte, stimmte das freilich nicht mehr. In dem Augenblick, da er sie – ob nun Gespenst oder Soldatin – auf der Straße heranstampfen sah, war ihm klar, dass sie unberührbar geworden war. Seine Einschätzung, dass sie nicht mehr vergewaltigt werden konnte, war frei von persönlichem Interesse. Abgesehen von seiner voyeuristischen Leidenschaft für Linas Körper hatte Scully mit Frauen nicht viel im Sinn. Es war eine Welt der Männer und nur von Männern, die ihn schon vor langer Zeit geprägt hatte, und er brauchte den Schmied nur zu sehen, um sofort zu wissen, was für eine Wirkung er auf Florens haben würde. So schien ihm ihre Wandlung von «nimm mich, wenn du willst» zu «rühr mich nicht an» ebenso vorhersehbar, wie sie abrupt war.

Auch über die Mistress dachte Scully weniger wohlmeinend als Willard. Sie war ihm nicht unangenehm, aber er sah in ihrem Verhalten nach dem Tod des Masters und ihrer Genesung mehr als nur die Auswirkungen von Krankheit und Trauer. Die Mistress verbrachte ihre Tage so freudlos wie eine Standuhr. Ihr Leben war Buße, nichts sonst. Was für ihn bedeutete, dass sich hinter ihrer Frömmigkeit Kälte, wenn nicht sogar eine gewisse Grausamkeit verbarg. Ihre Weigerung, das große Haus zu betreten, an dessen Bau sie so viel Anteil genommen hatte, schien ihm eine Bestrafung zu sein, die nicht nur ihr selbst, sondern allen galt und ganz besonders ihrem verstorbenen Mann. Was die Eheleute gemeinsam genossen, ja gefeiert hatten, verachtete sie nun als ein Zeichen sowohl der dritten wie der siebten Todsünde. So sehr sie ihren Mann zu Lebzeiten auch geliebt haben mochte – dass er sie jetzt im Stich ließ, empfand sie als pure Niedertracht. Wie sollte sie da nicht nach einer Möglichkeit suchen, ein wenig Rache zu üben und ihm zu zeigen, wie elend sie sich fühlte und wie wütend sie war.

Mit seinen zweiundzwanzig Jahren hatte Scully bereits mehr an menschlicher Torheit gesehen als Willard. Als er zwölf war, lag bereits ein anglikanischer Vikar hinter ihm, der ihn unterrichtet, geliebt und verraten hatte. Sein sogenannter Vater hatte ihn dem Gemeinderat vermietet, nachdem seine Mutter in der Schenke, in der sie arbeitete, tot zusammengebrochen war. Der Schankwirt forderte drei Jahre Arbeit von Scully, um die Restschuld seiner Mutter abzudienen, aber dann tauchte der «Vater» auf, legte den Betrag bar auf den Tisch und verkaufte anschließend die Dienste seines Sohnes zusammen mit zwei Fässern spanischen Weins an die Gemeinde.

Scully trug dem Vikar den Liebesverrat ebenso wenig nach wie die Tracht Prügel, die ihm folgen musste, weil dem Vikar ja gar nichts anderes übrigblieb, als die Umstände ihrer Entdeckung der Lüsternheit des Jünglings zuzuschreiben, andernfalls er nicht nur den Priesterrock, sondern das Leben eingebüßt hätte. Die Kirchenältesten pflichteten ihm bei, dass Scully zu jung war, um als unverbesserlich zu gelten, und so schoben sie ihn an einen Grundbesitzer ab, der einen Helfer für den Viehhirten auf seiner weitentfernten Farm benötigte. Es war ein ländliches Gebiet, kaum besiedelt, und sie hofften, dass der Junge dort im besten Fall auf den rechten Weg zurückfinden, im schlimmsten Fall aber wenigstens keine Gelegenheit haben würde, unbescholtene Seelen zu verderben. Scully nahm sich vor auszureißen, sobald er in jenem Landstrich angekommen wäre. Aber am dritten Tag begrub ein Wintersturm das Land unter Eis und drei Fuß tiefem Schnee. Kühe starben im Stehen. Vereiste Stare hingen an Ästen, die sich unter ihrer Schneelast bogen. Willard und er schliefen in der Scheune zwischen den Schafen und Rindern, die dort untergekommen waren, und überließen das Vieh, das sie nicht retten konnten, seinem Schicksal. Inmitten der warmen Tierleiber, sich selbst am Körper des anderen wärmend, änderte Scully seine Pläne, und Willard hatte nichts dagegen einzuwenden. Während der ältere der Männer einen guten Schluck nicht verschmähte, hielt Scully, der während seiner ganzen Kindheit unter dem Tresen einer Schenke geschlafen und die Wirkungen des Alkohols bei seiner Mutter erlebt hatte, sich wohlweislich zurück. Er war entschlossen, seine Zeit abzudienen, bis die Abschiedsprämie, die er bei der Freilassung erhalten würde, ihm den Kauf eines Pferdes ermöglichte. Karren, Wagen oder Kutsche waren um keinen Deut besser als ein Mann hoch zu Ross. Wer aber immer nur laufen musste, kam nie an ein Ziel.

Während die Jahre vergingen, blieb Scully guten Mutes und übte sich in Geduld, auch wenn seine Hoffnungen zu schwinden begannen. Dann starb Jacob Vaark, und die Witwe war so auf ihn und Willard angewiesen, dass sie ihnen Geld zu zahlen begann. Binnen vier Monaten hatte er bereits sechzehn Shillinge angehäuft. Vier Pfund, vielleicht sogar weniger, würden für ein Pferd reichen. Und wenn er die Abschiedsprämie – Kleidungsstücke oder Feldfrüchte oder Münzen im Wert von fünfundzwanzig (oder doch nur zehn?) Pfund – dazunahm, hätten sich die Jahre der Zwangsarbeit gelohnt. Er wollte nicht sein ganzes Leben mit der Suche nach Essen und Liebe verbringen. Zunächst aber galt es, die Mistress bei Laune zu halten und ihr keinen Anlass zu geben, ihn nicht weiterzubeschäftigen. Es schmerzte ihn, als Willard prophezeite, dass sie bald wieder heiraten würde. Ein neuer Ehemann, der die Farm übernahm, konnte ganz andere Pläne verfolgen, Pläne, in denen für ihn kein Platz war. Nur für und unter Frauen arbeiten zu können hatte für sie beide einen großen Vorteil. So viele Weiber auch auf einer Farm sein mochten, so fleißig sie sich anstellen mochten, niemals würde eine von ihnen einen sechzig Fuß hohen Baum fällen, eine Lämmerhürde bauen, einen Sattel reparieren, ein Rind schlachten und zerlegen, ein Pferd beschlagen oder auf die Jagd gehen. Während er also zusah, wie die Mistress schlechte Stimmung verbreitete, tat er doch alles, um sie zufriedenzustellen. Als sie Sorrow schlug, Linas Hängematte wegpacken ließ und Florens zum Verkauf ausschrieb, zuckte er inwendig zusammen, aber er sagte nichts. Und nicht nur weil er nicht zu dieser Farm gehörte, sondern weil er entschlossen war, sich ein für alle Mal aus der Knechtschaft zu befreien, wofür ihm nur Geld die Gewähr bot. Wo immer es möglich war, versuchte er im Geheimen, die Kränkungen zu mildern, die die Mistress den anderen zumutete. Er baute eine kleine Kiste für Sorrows Baby, die er mit Schaffell auskleidete. Er riss sogar das Verkaufsangebot ab, das im Dorf angeschlagen war (übersah aber das zweite im Betsaal). An Lina jedoch kam er nicht heran, sie bat um nichts und war unwillig, irgendetwas anzunehmen. Die Schweinskopfsülze, die er und Willard für sie gemacht hatten, lag noch immer, in Tücher eingewickelt, in dem Werkzeugschuppen, in dem sie jetzt schlief.

So verstörend waren die Auswirkungen von Vaarks Tod. Und die Folgen, die es hatte, wenn Frauen Männern hörig wurden oder, umgekehrt, ganz ohne Männer auskommen wollten. So legte er es sich jedenfalls zurecht. Er hatte keine Beweise, was in ihren Köpfen vorging, aber nach allem, was er miterlebt hatte, hielt er Treulosigkeit für das Gift dieser Zeit.

Traurig.

Einst glaubten sie, sie wären eine Art von Familie, weil sie zusammen Einsamkeit verwandelt hatten in Gemeinschaft. Aber die Familie, die sie geworden zu sein glaubten, war nur Schein. Was auch immer jede liebte, ersehnte oder floh – die Zukunft hielt für jede anderes bereit, und keine konnte es wissen. Nur eins war sicher: Mut allein würde nicht reichen. Ohne die Bande des Blutes sah er bislang nichts am Horizont, was sie vereinen konnte. Aber trotzdem sah Scully dort draußen etwas, wenn er sich an die Worte erinnerte, mit denen der Vikar die Welt vor der Schöpfung beschrieben hatte, eine dunkle, dichte, undurchdringliche Masse, in der ein neues Leben gärte.

Der Lohn, den sie für ihre Arbeit erhielten, mochte geringer sein als der des Schmieds, aber für Scully und Mister Bond reichte er, um sie von einer Zukunft träumen zu lassen.

Ich laufe die ganze Nacht durch. Allein. Es ist schwer, ohne die Stiefel des Sirs. Hätte ich sie an, könnte ich ein steiniges Flussbett queren. Könnte schnell durch einen Wald oder über Abhänge voll Nesseln. Was ich lese oder deute, ist jetzt ohne Taug. Hundeköpfe, Gartenschlangen, das alles sagt nichts mehr. Aber mein Weg ist klar, seit du verloren bist, den ich all die Zeit für mein Leben halte und für meinen Schutz vor allem Weh, vor all jenen, die mich so genau ansehen, nur um mich dann wegzuwerfen. All jenen, die glauben, sie haben Rechte und Macht über mich. Für dich bin ich gar nichts. Du sagst, ich bin Wildnis. Das stimmt. Zittert da etwas um deine Lippen, an deinem Auge? Fürchtest du dich? Du solltest dich fürchten. Viele Male schlägt der Hammer gegen die Luft, ehe er an dich gelangt, wo seine Kraft erstirbt. Du entwindest ihn mir und schleuderst ihn weg. Lange dauert unser Ringen. Ich fletsche die Zähne, um dich zu beißen, dich aufzureißen. Malaik schreit. Du drehst mir die Arme auf den Rücken. Ich winde mich frei. Die Schmiedezange liegt da, ganz nahe. Ganz nahe. Ich hole aus, schwinge sie hin und her, mit Macht. Sehe dich wanken und bluten und renne. Gehe dann nur noch. Gleite schließlich. Eine Eisscholle, die sich im tiefsten Winter vom Flussufer löst. Ich habe keine Schuhe. Ich habe kein pochendes Herz, kein Heim, keine Zukunft. Ich gehe den ganzen Tag. Ich gehe die ganze Nacht. Die Federn schließen sich. Für jetzt.

Drei Monate sind vergangen, seit ich wegrenne von dir, und die Blätter zeigen Bronze und Blut wie nie. Die Farben schreien, dass das Auge schmerzt und ich den Blick über die Baumwipfel zum Himmel wenden muss, um Linderung zu finden. Bei Nacht, wenn Tageshelle den Sternen weicht, die das kalte, schwarze Firmament beglänzen, schleiche ich mich von der schlafenden Lina fort und komme in diesen Raum.

Wenn du am Leben bist oder jemals gesund wirst, musst du dich niederbeugen, um zu lesen, was ich erzähle, an manchen Stellen sogar bis auf alle viere. Verzeih mir die Unbequemlichkeit. Manchmal rutscht die Spitze des Nagels ab und die Gestalt der Wörter ist wacklig. Der ehrwürdige Vater mag das nicht. Er klopft uns auf die Finger, und wir müssen es nochmal versuchen. Am Anfang, als ich zum ersten Mal in diesem Raum bin, glaube ich fest daran, dass diese Erzählung mir die Tränen schenkt, die mir sonst fehlen. Aber ich irre mich. Mit trockenen Augen höre ich erst zu erzählen auf, wenn das Licht heruntergebrannt ist. Dann schlafe ich inmitten meiner Wörter. Ohne Traum geht das Erzählen weiter, und als ich erwache, ist es Zeit, mich zurückzuziehen, diesen Raum zu verlassen und die Tagesarbeit zu erledigen. Arbeit, die keinen Sinn hat. Wir spülen den Nachttopf aus, aber wir dürfen ihn nicht benutzen. Wir zimmern große Kreuze für die Gräber auf der Wiese, ziehen sie wieder aus der Erde, machen sie kleiner und stellen sie wieder auf. Wir schrubben die Stelle, wo der Sir stirbt, aber sonst dürfen wir nirgends in diesem Haus sein. Die Spinnen haben hier ihr unbedrohtes Reich, und Rotkehlchen bauen ungehindert ihre Nester. Kleines Leben aller Art weht mit dem schneidenden Wind durch die Fenster herein. Ich schirme die Flamme mit meinem Körper und ertrage die kalten Zähne des Winds, der mich beißt, als könnte es der Winter nicht erwarten, uns zu begraben. Die Mistress kümmert es nicht, wie kalt es draußen ist, und sie denkt nicht mehr daran, was die Nachtkälte einem Säugling antun kann. Sie ist geheilt, aber sie ist nicht gesund. Ihr Herz ist nicht mehr bei ihr. Alles Lächeln ist verschwunden. Jedes Mal, wenn sie vom Betsaal heimkehrt, geht ihr Blick ins Nichts und kommt aus dem Nichts. Wie die Augen der Frauen, die mich hinter der Tür der Abstellkammer mustern, sind die Augen der Mistress immer auf der Suche, und was sie sehen, findet nie ihr Gefallen. Ihr Kleid ist dunkel und schmucklos. Sie betet viel. Sie lässt uns alle, Lina, Sorrow, Sorrows Tochter und mich, bei jedem Wetter entweder im Kuhstall oder in dem Lagerraum schlafen, in dem Ziegel, Seile, Werkzeuge und alle möglichen Reste von der Baustelle herumliegen. Im Freien schlafen nur die Wilden, sagt sie, also gibt es für Lina und für mich keine Hängematten unter Bäumen mehr, auch wenn das Wetter schön ist. Und für Sorrow und ihr kleines Mädchen gibt es keinen Platz mehr am Kamin, weil die Mistress das Baby nicht leiden kann. In einer Nacht, in der eiskalter Regen fällt, flüchtet Sorrow mit ihrem Baby hierher, hinter die Tür im Erdgeschoss in den Raum, wo der Sir stirbt. Die Mistress schlägt sie ins

Gesicht, wieder und wieder. Sie weiß nicht, dass ich jede Nacht hier bin, sonst bekäme ich auch die Schläge, die sie ihrer Frommheit schuldig zu sein glaubt. Die Kirchgänge machen sie zu einer anderen, aber dass sie ihr dort sagen, sie solle sich so benehmen, glaube ich nicht. Die neuen Regeln kommen von ihr allein, und sie ist nicht mehr die Gleiche. Scully und Willard behaupten, dass sie mich zum Kauf anbietet. Aber nicht Lina. Sorrow will sie auch weggeben, aber die will keiner haben. Sorrow ist jetzt Mutter. Nicht mehr, nicht weniger. Ich mag es, wie sie an ihrer kleinen Tochter hängt. Sie will nicht mehr Sorrow genannt werden. Sie hat sich einen neuen Namen gegeben und denkt an Flucht. Ich soll mit ihr gehen, aber meine Aufgabe hier ist noch nicht beendet. Schlimmer ist, wie die Mistress mit Lina umgeht. Auf dem Weg zur Kirche soll sie sie begleiten, aber dann muss sie bei jedem Wetter draußen warten, weil sie nicht hineindarf. Sie darf auch nicht mehr im Fluss baden, und die ganze Gartenarbeit muss sie allein machen. Nie mehr höre ich die beiden gemeinsam im Garten reden und lachen, so wie früher. Lina will mir erzählen, will mich daran erinnern, dass sie mich von Anfang an vor dir gewarnt hat. Aber die Gründe für ihre Warnung machen die Warnung falsch. Ich erinnere mich an deine Worte von damals, als der Sir noch nicht tot ist. Du sagst, du kennst Sklaven, die freier sind als freie Menschen. Der eine ist ein Löwe in der Haut eines Esels. Der andere ist ein Esel in der Haut des Löwen. Es ist das innerliche Verdorren, das zum Sklaven macht und das Tor öffnet für das, was wild ist. Ich weiß, dass mein Verdorren in der Kammer der Witwe seinen Anfang nimmt.

Ich weiß, dass die Klauen des fiederigen Dings auf dich losgegangen sind, weil ich sie nicht hindern kann, dich aufreißen zu wollen, wie du an mir reißt. Aber da ist noch etwas anderes. Ein Löwe, der glaubt, seine Mähne sei schon alles. Eine Löwin, die das nicht glaubt. Ich verdanke es Tochter Jane. Ihre blutigen Beine halten sie nicht auf. Sie wagt alles. Wagt es, um die Sklavin zu retten, die du hinauswirfst.

Es ist kein Raum mehr in diesem Raum. Meine Worte bedecken den Boden. Von nun an musst du stehen, um mich zu hören. Die Wände sind schwierig, weil das Licht der Lampe nicht weit genug reicht, um zu sehen. Ich halte das Licht in der einen Hand und ritze die Buchstaben mit der anderen. Meine Arme schmerzen, aber es drängt mich, dir all dies zu berichten. Niemandem sonst kann ich es sagen als dir. Ich bin jetzt nahe der Tür und nahe am Ende. Was werde ich mit meinen Nächten machen, wenn das Erzählen aufhört? Träume werden sich nicht wieder einstellen. Plötzlich erinnere ich mich. Du wirst meinen Bericht nicht lesen. Du liest die Welt, aber nicht die Lettern der Rede: Du kannst es nicht. Aber vielleicht wirst du es eines Tages lernen. Dann komm wieder zu dieser Farm, trenne die Schlangen in dem Tor, das du gemacht hast, tritt ein in dieses große, ehrfurchtgebietende Haus, steige die Stufen empor und komm herein, bei Tageslicht, in diesen sprechenden Raum. Wenn nicht du all das liest, wird niemand es lesen. Dann werden diese wohlbedachten Worte, die dicht geschlossen und weit offen sind, nur zu sich selbst sprechen. Rundherum, von Wand zu Wand, von unten nach oben und von oben nach unten, kreuz und quer durch den Raum. Oder vielleicht doch – nicht? Vielleicht brauchen diese Worte die Luft der Welt dort draußen. Brauchen den Flug hinauf und dann den Sturz hinunter, hinunter wie Ascheflocken, die über viele Morgen voller Primeln und Malven wehen. Über einen türkisfarbenen See, die ewigen Tannenwälder, durch Wolken, durch die ein Regenbogen schneidet, um endlich den fruchtbaren Boden der Erde zu würzen. Lina wird helfen. Ihr graut es in diesem Haus, und wenn sie's auch braucht, von der Mistress gebraucht zu sein, so weiß ich doch, dass sie das Feuer vorzieht.

Verstehst du? Du hast recht. Und minha mãe auch. Ich bin Wildnis geworden, aber ich bin auch Florens. Ganz und gar. Der nicht vergeben wird. Die nicht vergibt. Nur kein Erbarmen, Liebster. Bloß nicht. Hörst du mich? Ob Sklavin. Ob frei. Ich bestehe.

Nur ein Kummer bleibt mir. Dass ich all diese Zeit hindurch niemals erfahre, was meine Mutter mir sagt. Und dass sie nicht erfahren kann, was ich ihr sagen will. Mãe, du kannst dich freuen, denn die Sohlen meiner Füße sind jetzt hart wie Zypressenholz.

Deinen Bruder wird keiner von ihnen wollen. Ich weiß, was ihnen gefällt. Brüste verschaffen mehr Lust als einfachere Dinge. Deine wachsen zu schnell, und der Stoff, der deine kleine Mädchenbrust bedeckt, reizt sie. Und die Männer schauen hin, und ich sehe, wie sie hinschauen. Daraus folgt nichts Gutes, auch wenn ich dich einem der Jungen aus den Unterkünften angeboten habe. Figo. Du erinnerst dich an ihn. Er war der, der sanft mit den Pferden umgegangen ist, du hast im Garten mit ihm gespielt. Ich habe Schwarten für ihn auf die Seite gelegt und süßes Brot, das er den anderen mitbringen sollte. Bess, seine Mutter, kannte meine Absicht, und sie hatte nichts dagegen. Wie ein Raubvogel hat sie über ihren Sohn gewacht, genau wie ich über dich. Aber am Ende reicht das nicht aus, mein Liebes. Es gab keinen Schutz. Nirgends. Und erst recht nicht bei deiner lästerlichen Vorliebe für Schuhe. Es war, als wolltest du deine Brüste zur Eile antreiben und auch die Lippen eines alten Ehepaars.

Versteh mich. Es gab keinen Schutz, und im Katechismus stand nichts, das ihnen Halt gesagt hätte. Ich hab versucht, es dem ehrwürdigen Vater zu erklären. Ich hab gehofft, dass du eines Tages deinen Weg machen wirst, wenn es uns nur irgendwie gelingt, die Buchstaben zu lernen. Der ehrwürdige Vater war voller Güte und Mut und sagte, das sei auch Gottes Wille, selbst wenn sie ihn dafür bestrafen oder einsperren oder niederschießen würden wie die anderen Priester, die unsresgleichen das Lesen gelehrt haben. Er meinte, wir werden Gott mehr lieben, sobald wir die Buchstaben kennen, in denen Sein Wort geschrieben steht. Ich weiß nicht, ob das so ist. Aber ich weiß, dass im Lernen selbst ein Zauber wohnt.

Als der großgewachsene Mann mit den gelben Haaren zum Essen kam, merkte ich, dass er die Speisen nicht mochte, und an seinen Augen war zu erkennen, dass er weder dem Senhor noch der Senhora noch den Söhnen traute. Seine Art, dachte ich, ist ganz anders. Seine Heimat fern von hier. In seinem Herzen lauert kein Tier. Nie sah er mich so an wie der Senhor. Er war frei von Verlangen.

Ich weiß nicht, wer dein Vater ist. Es war so dunkel, dass ich keinen von ihnen sehen konnte. Sie kamen bei Nacht und brachten uns drei, Bess war auch dabei, in einen Trockenschuppen. Schatten von Männern saßen auf Fässern und standen gleich auf. Sie sollten uns zureiten, sagten sie. Es gibt keinen Schutz. Eine Frau ist hier eine offene Wunde, die nicht heilen kann. Selbst wenn sich eine Narbe bildet, bleibt darunter die Fäulnis.

Seit vielen Ernten waren Schmähungen hin und her geflogen, hinüber und herüber zwischen dem König unserer Gemeinschaft und dem König der anderen. Ich glaube, Männer blühen auf, wenn sie schmähen können, sei es das Vieh, die Frauen, Brunnen, Felder. Das Ganze heizt sich auf, und endlich kommen die Krieger der anderen Gemeinschaft, brennen unsere Häuser nieder und treiben alle zusammen, die sie nicht töten und auch nicht versorgen können, um sie zu verkaufen. Mit Ranken aneinandergefesselt, wechseln wir viermal den Ort, mit immer mehr Handel, Aussortieren, Sterben. Wir werden mehr, oder wir werden weniger, bis vielleicht sieben mal zehn oder zehn mal zehn von uns in einen Pferch getrieben werden. Da sehen wir Männer, die krank oder tot zu sein scheinen. Bald merken wir, dass sie keins von beidem sind. Ihre Haut war das Verwirrende. Die Männer, die uns bewachen und verkaufen, sind Schwarz. Zwei haben Hüte auf und komische Tücher um den Hals. Sie beruhigen uns, dass die gebleichten Männer uns nicht verspeisen wollen. Trotzdem geht das Elend immer weiter. Manchmal sangen wir. Manches Mal wehrten wir uns. Meistens schliefen wir oder weinten. Dann teilten die gebleichten Männer uns auf und setzten uns in Kanus. Wir kommen zu einem Haus, das auf dem Meer schwimmt. Unter jedem Wasser, ob Fluss oder Meer, sind Haifische. Den gebleichten Männern, die uns bewachen, gefällt das so gut wie den Haien, die sich freuen, so viel zu fressen zu haben.

Die Haie, die uns umkreisten, waren mir recht, aber sie mieden mich, so als wüssten sie, dass ich ihre Zähne den Ketten vorzog, die um meinen Hals, meine Hüften, meine Knöchel geschlungen waren. Als das Kanu umkippte, sprangen einige von uns, und andere wurden unter Wasser gezogen, und wir Lebenden sahen ihr Blut erst sprudeln, als wir herausgefischt und wieder unter Bewachung waren. Man steckte uns in das Haus, das auf dem Meer schwimmt, und wir sahen zum ersten Mal Ratten, und es war schwierig, noch einen Weg zum Tod zu finden. Einige von uns haben es versucht, einigen ist es gelungen. Sie weigerten sich, die Yamswurzeln mit Öl zu essen. Sie schnürten sich die Kehle zu. Sie boten ihr Fleisch den Haien an, die uns Tag und Nacht folgten. Ich weiß, dass es ein Spaß für die Gebleichten war, uns mit einem Peitschenhieb aufzumuntern, aber ich sah auch, dass sie ihresgleichen mit Vergnügen peitschten. Widersinn regiert diese Welt. Wer lebt, wer muss sterben? Niemand konnte das sagen in diesem stöhnenden und brüllenden Dunkel, in diesem Schrecken. Es ist eine Sache, im eigenen Dreck zu liegen, aber eine ganz andere, wenn man in fremdem Dreck liegt.

Barbados, hörte ich sie sagen. Nachdem ich oft und oft gerätselt hatte, warum ich nicht sterben konnte wie die anderen. Nachdem ich mich schon totgestellt hatte, um über Bord geworfen zu werden. Aber der Kopf kann sich viel ausdenken, der Körper hat eigene Ziele. Also Barbados, wo ich aufatmen konnte in reiner Luft und aufrecht stehen konnte unter einem Himmel, der die gleiche Farbe hatte wie Zuhause. Dankbar für die vertraute Hitze der Sonne statt der Dunstglocke dichtgepackter Leiber. Dankbar auch für den festen Boden unter meinen Füßen, trotz des Pferchs, den ich mit so vielen teilte. Den Pferch, der kleiner war als der Laderaum, in dem wir segelten. Der Reihe nach mussten wir in die Höhe springen, uns nach vorn beugen, den Mund aufreißen. Die Kinder konnten es am besten. Wie Gras, das von Elefanten niedergetreten wurde, sprangen sie auf, um wieder vom Leben zu kosten. Sie hatten schon lange aufgehört zu weinen. Jetzt versuchten sie mit großen Augen, ihr Bestes zu geben, ihre Fähigkeiten zu zeigen und damit ihre Berechtigung zu leben. Wie unwahrscheinlich ihr Überleben ist. Wie wahrscheinlich, dass eine andere Herde kommt und sie in Grund und Boden tritt. Eine Herde von Männern mit gefletschten Zähnen, die schon am Band um ihre Peitschen fingern. Männer, die rot angelaufen sind vor Gier. Oder, wie ich erfahren musste, zerstört von einem Leben endloser Schinderei im Zuckerrohr, in das wir gebracht wurden, um es zu schneiden. Schlangen, Taranteln, große Eidechsen, die sie Alligator nennen. Ich war erst kurz in sengendem Schweiß im Zuckerrohr, als sie mich wegholten und auf eine Bretterbühne in der Sonne setzten. Dort hat man mir beigebracht, dass ich kein Mensch aus meinem Land, aus meiner Gemeinschaft war. Ich war Negrita. Alles, Sprache, Kleidung, Götter, Tänze, Bräuche, Schmuckstücke, Lieder, alles ging auf in der Farbe meiner Haut. Nur noch als Schwarze hat mich der Senhor gekauft, aus dem Zuckerrohr geholt und nach Norden in seine Tabakpflanzungen verschifft. Eine Hoffnung, damals. Aber erst kam das Bespringen, erst wurden ich und Bess und die andere in den Trockenschuppen gebracht. Als es vorbei war, haben sich die Männer, die uns zureiten mussten, entschuldigt. Später hat uns ein Aufseher eine Orange dafür gegeben, jeder. Und damit wäre es gut gewesen. Es wäre beide Male gut gewesen, denn die Folgen waren du und dein Bruder. Aber dann fing es mit dem Senhor und seiner

Frau an. Ich wollte dem ehrwürdigen Vater davon erzählen, aber die Scham machte meine Worte zu Gestammel. Er verstand mich nicht oder konnte es nicht glauben. Er sagte, ich soll nicht verzweifeln oder schwach im Glauben sein, sondern Gott und Jesus Christus mit meinem ganzen Herzen lieben und für die Erlösung beten, die am Tag des Gerichts auf mich wartet. Und dass ich, was immer die anderen auch behaupten mögen, kein seelenloses Tier, kein Fluch bin. Dass die Protestanten im Irrtum, in der Sünde lebten, und wenn ich nur in Gedanken und Tat unschuldig bliebe, sei mir jenseits dieses irdischen Jammertals das ewige Leben gewiss, Amen.

Aber du wolltest die Schuhe eines losen Frauenzimmers, und das Tuch um deine Brust half nichts. Du hast den Blick des Senhors auf dich gezogen. Nachdem der großgewachsene Mann gegessen hatte und mit dem Senhor einen Rundgang durch die Wohnquartiere machte, stand ich bei der Wasserpumpe und sang. Das Lied vom grünen Vogel, der sich wehrt und stirbt, als ihm der Affe die Eier stiehlt. Ich hörte ihre Stimmen und hab dich und deinen Bruder geholt, damit ihr Blick auf euch fiel.

Eine Gelegenheit, dachte ich. Es gibt keinen Schutz, aber es gibt Unterschiede. Du hattest diese Schuhe an, und der große Mann musste lachen und sagte, er würde mich nehmen, um die Schuld auszugleichen. Ich wusste, dass der Senhor das nicht erlauben würde. Ich sagte die. Nehmt die hier, meine Tochter. Weil ich merkte, dass der große Mann dich als Menschenkind sah, nicht als eine spanische Münze. Ich kniete mich vor ihn hin. Hoffte auf ein Wunder. Er sagte ja.

Es war kein Wunder. Gewirkt von Gott. Es war eine Gnade. Erwiesen von einem Menschen. Ich blieb auf den Knien liegen. Im Staub, wo mein Herz seinen Platz hat für alle Tage und Nächte, bis du begreifst, was ich weiß und dir so gerne sagen will: Die Herrschaft über andere zu erhalten ist eine schwere Bürde; die Herrschaft über andere an sich zu reißen ist ein schwerer Fehler; die Herrschaft über sich selbst anderen zu überlassen ist eine schwere Sünde.

Ach, Florens. Mein Geliebtes. Hör auf tua mãe.

Weitere Titel

Beloved

Die Herkunft der anderen

Gnade

Gott, hilf dem Kind

Heimkehr

Im Dunkeln spielen

Jazz

Liebe

Paradies

Rezitativ

Sehr blaue Augen

Selbstachtung

Solomons Lied

Sula

Teerbaby

Toni Morrison
Paradies

512 Seiten

Toni Morrisons großes Epos über eine von Rassismus und Bigotterie bedrohte Gruppe von Frauen und die Folgen der Versklavung.

Oklahoma, Mitte der Siebzigerjahre: In einem verlassenen Kloster suchen Frauen, Schwarze und weiße, Zuflucht. Sie sind Ausgestoßene aus der amerikanischen Gesellschaft, die sich im Umbruch befindet, voller Gegensätze wie Rassismus und Bürgerrechtsbewegung, Misogynie und Feminismus, Individualismus und der Sehnsucht nach Zugehörigkeit. Das friedliche Leben im Kloster findet bald ein brutales Ende: Die Einwohner der benachbarten Stadt Ruby, Nachfahren ehemals versklavter Menschen, selbstgerecht und zutiefst patriarchal organisiert, nehmen Anstoß an der Freiheit und vermeintlichen Freizügigkeit der Frauen.